文字森林
READING FOREST

文字森林
READING FOREST

文字森林
READING FOREST

文字森林
READING FOREST

無論如何都要活著

どうしても生きてる

朝井遼 著
緋華璃 譯

目錄

健全理論

又來了。

我用力繃緊臉上的肌肉，不讓對方發現我的表情變了。

「我就知道，這一定不是自殺。」

恭平把全身癱在我左邊的沙發裡，彷彿就要這樣陷進去，自鳴得意地低喃。恭平邊看電視邊玩手機，不時心血來潮似地做一下伸展操。從他那沒一刻安靜的樣子可以感受到，唯有對活下去充滿興趣的人，體內才會擁有源源不絕的活力。

「你怎麼知道不是自殺？」

角色設定為一心獻給工作，沒有男人緣的女性警官，頂著一天下來補過好幾次的完美妝容，正在電視螢幕裡吃著深夜的泡麵。但如今我已無意指出這種細微的矛盾，我已經不想再因為自以為聰明地指出錯處，給別人「觀察力敏銳」的印象。我專心地用右手掌心為左手手肘反覆塗抹保溼霜。從什麼時候開始，我連表現出「看到什麼就是什麼，別想太多比較輕鬆」這種隨波逐流的態度都懶了呢。

「因為被害人不久前才要求網購商品重新配送，接下來就要自殺的人才不會這麼做。」

「哦……有這一幕嗎？你記得真清楚。」

明明過去已經試過無數次了，沒有一次看得到，我仍試圖用自己的雙眼確認左手肘的顏色。第一次從鏡子裡發現兩肘出現宛如沾在穿了好幾年的睡衣上的咖啡汙漬，彷彿滲入纖維深處的黑斑時，我忍不住驚呼出聲。

「他不是有一幕盯著一張小紙條，輸入一串數字嗎？那個動作跟我要求宅配再送一次的時候一模一樣。」

女警吃完泡麵，嘴裡叼著牙籤，開始擅自操作死在房間裡的被害人手機。「喂，那是很重要的證物耶！」年輕的男性刑警連忙想要阻止她，但女警輕輕甩開對方的手，將手機通話紀錄的畫面朝向觀眾。我明白電視台想表現出與女性特質截然不同的人物形象，但是深夜吃完泡麵，立刻叼著牙籤的刻畫會不會太沒創意了。我心裡這麼想，但沒有說出來，因為真的無所謂。

視線範圍的左側傳來細微的動靜，恭平把上半身掛在沙發邊緣，雙手伸進我的腋下，整個人趴在我身上。

「討厭啦。」

我表現出抗拒的反應，但仍把自己交給那雙肯定比恭平自己以為的還要大的掌心裡。以恭平的身材比例來說，他的手掌其實大小相當適中，但是每次放在我身上的時候，總讓我覺得像挖土機的鏟子一樣巨大。

「手肘剛塗上保溼霜，會弄髒衣服哦。」

我告訴恭平「會把睡衣弄得髒兮兮」，恭平只發出「會嗎？」的撒嬌嘟囔，顯然已經關閉正常的思考回路。或許是猜中被害人並非死於自殺令他很滿意，又或者是已經不在乎連續劇的後續發展，恭平就像老鷹抓住魚似地拎起我的身體，一把放在自己身上。我的全身，與伸直雙腳、上半身靠在沙發邊緣的恭平緊密貼合。

弄髒睡衣沒問題，問題是負責洗的人可是我呀——想是這麼想，可是當狀況演變成這樣，最好還是趁早放棄微不足道的抵抗，才是上策。恭平喜歡坐在沙發上從背後環抱我，我也喜歡恭平從背後撫摸我。儘管彼此凸出來的地方、凹進去的地方、堅硬的地方、柔軟的地方都不一樣，可是當我們緊緊相擁，就像是設計好的零件，發出「喀噠」一聲，密密實實地扣上。

「你害我等一下又要重新塗保溼霜了，剩沒多少了說。」

「話說回來，妳那裡怎麼那麼黑啊？是因為一直把手肘撐在桌子上嗎？」

又來了。

我丹田用力地聽著恭平天真無邪的聲音。像他這種比我小九歲的時下年輕男孩，總認為身體發生變化一定要有什麼明確的原因。

既正確又健全的理論，恭平一點問題也沒有。

「為什麼呢。」

我喃喃自語，轉過身，趴在恭平仰躺的身體上。兩具認為彼此可以互相撫摸的肉體交合的瞬間，光是躺著晒太陽，即使不刺激雙方的敏感帶也很舒服。這種現象肯定與性別或年齡無關，可是當我來到坐三望四的年紀，是個成熟的大人，又沒有小孩，對方如果不是已經發生過肉體關係的人，就無法體會到這種現象。

我趴在恭平的胸膛上，尋找躺起來最舒適的角度。回到家馬上卸妝，只拍上昂貴化妝水的臉頰，彈性完全比不上不曾用任何化學物質滋潤過的胸肌。

「你是不是……」胖了兩字衝到喉嚨口，我趕緊換了個說法，「體格變壯了？」

「咦，看得出來嗎？」

只換了幾個字，就能讓他這麼高興啊。我將左耳貼在他的胸口，體內的臟器發出要求宅配再送一次貨的人不會自殺。若非長時間受到傷害，人體不會變黑。這是咕嚕咕嚕的聲音，聽起來活像水聲。

持續產生這種正確又健全的理論的工廠所發出的聲音。

「我換了乳清蛋白，沒想到這麼快就能看出效果。」

我將手環繞到恭平的後腰，附和一句「是哦」，輕聲嘆息，放掉全身的力氣，讓自己的形狀更加貼近恭平的輪廓。

「公司附近開了一家二十四小時營業的健身房，那裡還有游泳池。」

「哦，有游泳池啊。」

當我找到最舒適的姿勢，正好對著電視螢幕。女警仍然頂著一張工作了一整天，妝容依舊完美的臉，以不按牌理出牌的舉動耍得男性刑警團團轉。

「我一直游蛙式，貌似練出胸肌來了，」恭平眉飛色舞地說，「體重好像也增加了，這可是肌肉變大塊的證據呢。」

內臟又發出咕嚕咕嚕的聲響。趴在因體重增加而沾沾自喜的人身上，忽然懷念起自己與同性友人為了體重增減一百公克而一喜一憂的年紀。

「你現在幾公斤？」

「終於突破八十公斤。」

八十公斤。

感覺眼前的電視螢幕突然「啪！」地一聲變成手機螢幕。

當然是不可能的事。

「因為我身高一百八十二公分，如果體重不到八十公斤，看起來會很瘦弱。」

恭平的手臂從兩人座的沙發探出去，冷氣的風吹動了手臂上的汗毛。

「話說我真的大推游泳。我有時候甚至會利用中午休息時間去，游完後神清氣爽，下午的工作簡直如有神助。要是妳公司附近也有健身房可以去游泳就好了。」

「對呀。」我隨口漫應，環在恭平腰上的手不安分地動來動去。覆蓋著肌肉的脂肪很軟，恭平也「哇！好癢啊」地動來動去，我真的愛極了他那壯碩的軀體。

中午休息時間怎麼可能去游泳。吃飽飯動一動身體當然神清氣爽，問題是妝和頭髮該怎麼辦。我該不會是他這輩子固定交往過最長時間的女朋友吧。可以的話，我也想像你們那樣隨時都能趴在桌上睡覺，一進到居酒屋就用熱毛巾豪邁地擦臉。

我把右手悄悄放在不曉得什麼時候已經改變了輪廓與硬度的地方。

「抱歉，我硬了。」

一旦與異性的身體緊密貼合，就會產生性衝動。健全理論今天也一個接著一個逐漸堆砌起來。

恭平每週都會固定收看這齣刑事單元劇，節目的主題標籤每週都一定會成為熱門話題。他看得津津有味的模樣十分誘人。比起充滿男子氣概的身材或年輕敏感的肉體，每週都有期待的事，而且這份期待與世上絕大部分的人一樣，以及毫不掩飾這樣的自己，也絲毫不以此為恥的態度，比任何優點更令我心蕩神馳。

畫面中，因為要求宅配再送一次，不可能是自殺的命案又出現新的發展。

我隔著睡衣，用食指撫摸他的尖端。

「住手，佑季子。」

電視畫面沒有任何預兆地切入廣告。

我心想，要是能像這樣無縫接軌地摧毀一切就好了。明明前一秒鐘我還那麼自然地用這根手指愛撫掌控著躺在我身體底下，那具八十公斤肉體的某一個點。

柚子@移居鄉下&虛擬貨幣部落格　@YUJIYUJIYUJI　二月十八日

為了在寫文章的時候轉換一下心情，我開始玩起贊助商森健（@ken_mori_beyond）告訴我的遊戲軟體，一玩之下不得了……明明還有一堆工作待完成，卻停不下來……我有預感，這將是我繼寶可夢GO後再度迷上的遊戲……等我玩得熟練一點再把攻略寫在部落格上與大家分享（快去工作）。

二十一日下午四點四十分左右，〇〇市××路，△△縣〇〇市的自由業男性（三十二歲）開車撞向馬路左側的水泥牆。男子頭部受到強烈撞擊，當場死亡。根據安裝在附近商店的監視器畫面判斷，車子從某個地點突然開始加速，撞牆時的時速高達八十公里。包括自殺的可能性在內，〇〇署正在調查肇事原因。

「表情。」

母親的聲音滑進我雙眼與手機螢幕之間。「妳的表情好可怕，在看什麼？」我隔著桌子，坐在母親對面的椅子上，母親以看似又變得小了一點的手掌朝自己搧風。

「就算到了晚上，也是稍微走兩步就汗流浹背呢。」

「就是說啊。」我點頭漫應，按下手機的 Home 鍵回到主畫面，關掉相片檔案。眼角餘光捕捉到母親的身影，感覺自己開始流露出故鄉的氣息。

「今天本來不想喝，但是流了汗，還是來杯啤酒吧。」

「好啊。」

我把手機收回皮包，對正為母親送上水和毛巾的店員說：「我們要點餐。」這家義大利餐廳平日不用預約就有位置，每張桌子的距離不會太近，餐點也還算美味可口，我很喜歡。

「我每次都覺得妳帶我來的餐廳都好貴啊，一杯啤酒就要這麼多錢。」

母親生性節儉，自從弟弟孝浩生了孩子以後，對東京的物價之高開始有很多意見。孝浩高中畢業後直接在故鄉找到工作，與父親一樣從事與車有關的職業。孝浩的妻子是他高中同學，專科學校畢業後成為美容師，正要開始工作，就發現自己有了身孕，兩人急著登記結婚，連婚禮都沒辦。我自己也已經很久沒在過年期間或盂蘭盆節回家，所以直到現在都還不曾見過弟媳。更重要的是，我甚至還無法想像比我小十歲的孝浩已經有一個兩歲的女兒了。

「別擔心，物價也反應在薪水上，所以還過得去。」

我的故鄉在東海地方，大家都說只要從事與車子有關的工作就不用愁吃穿。在故鄉土生土長的孝浩從小就玩小汽車，熱愛鐵道，長大後順理成章地成為汽修工人。成長過程中還不忘與高中同學中算是長得漂亮的女生交往，在當地無人不知、無人不曉的賓館拋棄童貞，年紀輕輕就結婚、生子。

孝浩肯定會與恭平意氣相投，假如他們一起看昨天的連續劇，孝浩大概會和恭平做出相同的推理，相視點頭吧。

「哇！」

母親的叫聲再度從菜單後面傳來。不知何時，桌上已經擺了兩只裝滿啤酒的酒杯。

「最貴的肉居然要四千圓？幾乎跟學費沒兩樣了。」

「學費？」

我徒具形式地與母親乾杯，喝下一口啤酒。感覺略帶苦澀的碳酸正撐開原本閉鎖的器官奮力前進，就像硬把小黃瓜塞進開口極小的竹輪裡。

我的前夫經常在廚房做這道菜，簡單又好吃。

「孝浩說他想讓陽菜學鋼琴，希望我能幫忙出學費。我說家裡又沒有鋼琴，他說下個月是陽菜的生日，陽菜指定的生日禮物就是鋼琴。真是的，只有向父母撒嬌這點愈來愈厲害。」

母親傳LINE告訴我說要給孝浩的女兒取名為陽菜時，我總覺得這個名字好常見啊。上網查了一下，才知道「陽菜」這幾年來一直是最受歡迎的女生名字前三名。父親是汽修工人的女孩。名字在排行榜前幾名的女孩。就要開始學鋼琴的女孩。既沒有搞婚外情，也沒有受到家暴，沒有任何足以說嘴的理由就離婚的我。

「妳今年盂蘭盆節也不回來嗎？」

「嗯，我猜應該沒辦法回去。」

大概無法取得完整的休假。事到如今，我已經不再驚訝自己居然能面不改色地撒謊。事實上，盂蘭盆節和過年期間都有放假，主管還會交代我要確實地休完年假。

「孝浩好像也完全無法休息，而且薪水並沒有因此增加……真令人發愁。」

母親說到這裡，紅著臉微笑補充：「不過也因為如此，我才能幫忙照顧陽菜，倒也挺開心的。」

我現在工作的公司無疑是一家良心企業。

以公司的福利來說，萬一我生了小孩，大概也不用求母親幫忙帶孩子。我對薪水和休假制度都沒有不滿，沒有人會對我指桑罵槐、說長道短，存款的金額也足夠讓我覺得四千圓的學費只是一筆小錢。此時此刻的我活得還算怡然自得。

正因如此才會感覺到的那股與世隔絕的空虛是怎麼一回事。

「鋼琴一個月的學費要四千圓啊。」

「就是說啊，好像是私人教室，所以比較便宜。可是只要每週一次在家裡教小朋友彈一個小時的鋼琴，就能有四千圓進帳，還挺好賺的。」

我點了綜合拼盤的前菜、義大利麵和披薩。母親最後選了魚的主菜而不是肉。第一杯啤酒差不多要見底了，所以我楞楞地想，接下來換白酒吧。

光是這些菜，兩個人吃下來大概就要八千圓，相當於陽菜兩個月的鋼琴學費。

「電子琴很大台，不曉得孝浩家裡擺不擺得下。」

話是這麼說，但母親這不是早就研究過鋼琴的大小了嗎。

「孝浩還說想再生個男孩，真是急性子。小倆口感情融洽是好事，但是考慮到家計的問題，還是冷靜點，想清楚再說。」

母親說到這裡，似乎想到什麼，突然噤口不言。我倒是不以為意，反而希望她繼續講下去，因為我沒什麼好說的。

母親顯然很欣慰學生時代被朋友帶壞，幹了不少壞事的孝浩如今為家人鞠躬盡瘁的模樣。既然她怎麼也藏不住內心的喜悅，不如說個痛快，根本不用顧慮我，大可想說什麼就說什麼。

母親默默地將啤酒湊到嘴邊。

母親像這樣定期來東京是在我與前夫離婚後。

「好好吃。」

母親邊說邊把用大量夏季蔬菜做的前菜送入口中。「讓您久等了。」年輕的店員以行雲流水的動作將義大利麵放在桌上。碳水化合物裝在淺淺的盤子裡，分量絕對吃不飽，光是這樣就要一千兩百圓。

我有的是錢，也有時間。

「妳最近如何？一切都還好嗎？」

可是父母卻為我的人生擔心到必須這樣定期坐新幹線來看我。

結婚第三年，我三十二歲的時候，前夫告訴我他想要離婚。

我和前夫都沒有愛上別人，既沒有拳腳相向，也沒有負債之類瞞著對方的事，性生活也還算和諧，沒有生小孩。我不確定自己想不想要小孩，但也曾經考慮到年齡的問題，認為差不多該思考人生的下一步了。就在我們開始討論要不要小孩的時候，對方提出離婚。

那是個星期天的晚上，在那之前我們各自度過了週末。雙方的工作都是週休二日，但是除非有什麼特別的事要做，否則我們不會一起出門。有時也會和自己的朋友見面，但基本上都是一人過。這對我們來說都是再自然不過的選擇。東京的街道太複雜，複雜到我們只能以自己的步調一點一滴地消化想看的電影、想閱讀的書、想欣賞的舞台劇和想吃的東西。

「我沒辦法改變自己，妳也是。」

已經不記得我們談了什麼，唯獨這句話令我印象深刻。我們邊討論離婚，我邊想這個人果然跟我好像啊，所以我們才無法廝守到老。

我們的財務本來就各自獨立，只有房租和水電瓦斯費各出一半，再加上彼此都在包含分公司及相關企業在內，員工人數多達上千人的公司上班，而且從畢業就一直工作到現在，所以在金錢方面也不會糾纏不清。我們沒有小孩，也還不用照顧父母，平常多半各自在外用餐，因此完全沒有少了對方就活不下去的問題。

要說有什麼問題，只有心情問題。

但這終究也不成問題。當我發現這不成問題時也同時領悟到，其實我從很早以前就有自覺，就算沒有他，我的心、我的世界也仍舊能繼續運轉。

等到辦完所有的手續，我才告訴父母我離婚的事。怎麼不跟我們商量？佑季子為什麼非被拋棄不可——當我看到父母比我憤怒好幾倍的反應，感覺曾經在我心中微乎其微的疑問與不信任就像浮上水面的泡沫，發出啉啉的聲音消失不見。父母反覆追問「為什麼？」、「怎麼會？」，自從前夫說要離婚，我除了對為何只有我要把名字改回來，還得重新申請駕照及銀行帳戶等各式各樣的資料有所疑惑外，心情上倒是從來沒有浮現「為什麼？」、「怎麼會？」的疑問句。

不管是與前夫談戀愛的時候、結婚的時候、還是決定離婚的時候，我的精神水位始終保持風平浪靜的狀態。這也表示就算缺少其中任何一個環節，生活還是能風平浪靜地過下去。我與前夫的關係表面到彼此從頭到尾沒有任何改變。我到現在都還不太明白，這種關係到底該稱為相敬如賓，還是相敬如冰。

我離婚後不到一年，陽菜的出生轉移了父母的注意力。就連剛離婚的時候，認為我比以前更茫然自失的母親，隨著每次來東京也慢慢接受了自己的女兒或許原本就是這副德性。

以前多的時候我幾乎每天都會接到母親打來的電話，如今那些電話也被與陽菜的照片一起傳來的ＬＩＮＥ取代。母親從來不說破真正的原因，每次都以「因為我想看的舞台劇只在東京上演」、「照顧陽菜有點累了」為由，時不時地來東京一趟，如今也減少到兩個月一次的頻率。

我把切成六片的瑪格麗特披薩各拿一片移到盤子裡，一如既往地回答：「我很好。」母親只隨口應了一聲：「是哦。」不知怎地，表情看起來比我更沒精神。

看到她那個樣子，我不禁想讓她知道。

「嗯，我還交了男朋友。」

「什麼！」

母親的大嗓門與銀叉子掉到地上的聲音互相呼應，簡直像是俗濫的連續劇。服務生依舊以行雲流水的動作撿起叉子說：「我幫您拿新的過來。」母親小聲地道歉：「不好意思。」用毛巾擦嘴。

「哦，妳有男朋友啦。這樣啊。」

既然交到了男朋友，既然有人陪在身邊，那就沒問題了——以眼神為中心，母親整張臉都亮了。當人類的心安安穩穩地包覆在健全理論中，臉上就會出現這種表情。我用眼角餘光捕捉服務生從廚房端來魚料理與乾淨叉子的身影，心想他的年紀應該和恭平一樣大。現在雖然把白襯衫的釦子全部扣上，一臉充滿常識、人畜無害的樣子，但是幾小時前、又或者是幾小時後可能正在射精也說不定。

我好想在健全的空間裡加點什麼具有破壞力的異物進去。

「對方是什麼樣的人？今年多大了？」

反正也不會安排他們見面，所以我隨便回以聽起來很稱頭的訊息，感覺就像在填寫交友軟體的個人簡介。

儘管覺得失去老公對我的人生也不會有任何影響，可是當我逐漸習慣一個人平靜的生活，發現只有性愛從近在眼前的距離跑到遠在天邊的地方。當我意識到這一點，腦海中頓時閃過一個浪漫的念頭，或許兩顆心的交流就在於有誰觸摸著自己的身體，或是自己的手觸摸到某人的身體。但是我也很清楚，自己內心此時此刻的騷動只不過是所謂的性欲，只不過是赤裸裸的衝動。

起初我借助給女性自慰用的道具之力，但自己來終究還是無法代替由其他人愛撫的快感。也曾經想過要找男性的性工作者，卻因為內容與價格間的落差實在太大，只好改為下載交友軟體來試試。本來就不打算建立長久的人際關係，所以把年齡設定得小一點，其他的個人資料也隨便填入一些異性會感興趣的要素。

透過交友軟體認識的男人給我的印象基本上就是會使用交友軟體的那種人。不是指他們遊戲人間、性欲很強、以貌取人，而是他們會把人生中所有出乎預料的意外或狀況統稱為風險，盡可能從一開始就避開這些風險的感覺，總之很難用言語清楚形容。這些男人最討厭性價比不高的事物，即使覺得出現在眼前的女人沒有想像中可愛，即使發現女人的年紀恐怕比交友軟體刊登的資料大，一旦確定對方願意張開雙腿，而且不會糾纏不清，就會順水推舟地把對方推倒在自己家或飯店寬敞的床上。

大約兩個月前，我遇見小我九歲的恭平。恭平的個人簡介寫著老家在神奈川，目前獨自在東京生活，在一家總公司位於惠比壽的新創公司上班，為了有朝一日能靠自己闖出一番事業，不需要躲在公司的保護傘下，週末化身為網路寫手接案。我仍記得我們還在用軟體互傳訊息的時候，我問過他：「這不就是所謂的副業嗎？」他回答：「現在都嘛改稱為斜槓了（笑）。」

恭平的床上工夫很粗魯，時間也很短，但我喜歡他完事後會緊緊地抱住我。世上還有人願意主動撫摸我的裸體也帶給我短暫的安慰。

「聽起來是個不錯的人，下次介紹給我認識嘛。」

母親貌似鬆了一口氣，開始滔滔不絕地說起原本當著我的面不好意思說，卻又想說得不得了的事情。主要都是陽菜的話題，從母親說得手舞足蹈、樂不可支的表情接收不到任何不協調的雜訊。當人類自由自在地活在多數世人都相信的公式裡，才會有那種鏗鏘有力的音調，不偏不倚地朝我迎面襲來。

「兩歲小孩的精力太充沛了，每次打掃我們家的客廳，都覺得大到莫名其妙，但是根本不夠讓沒一刻安靜的陽菜滿屋子跑。」

我每附和一次，都能深刻地感受到，過去看在母親眼中，我一直是「被老公拋棄的可憐女兒」。

「鋼琴也是，本來只是給她彈玩具小鋼琴，結果本人彈著彈著好像彈出興趣來了。小小孩的吸收力真不是蓋的，什麼都想學，什麼都想知道。」

我每附和一次，都能深刻地感受到，如今在母親眼中，我已經變成「因為交到新的男朋友，開始有耐性聽別人說一些幸福的話了」。

「好奇心旺盛是好事，可是前陣子居然被逼著聽她唱了十四次同一首歌，而且要是反應不夠熱烈，她還會鬧彆扭。雖然很辛苦，現在回想起來還挺懷念的。」

十四次。

當這三個字傳入我的耳膜，感覺指尖的神經正悄悄地對上原該躺在皮包深處的手機發出來的電波。

夏樹高橋　@natsuki__TKHS　九月二十六日

今天和亞矢拍的影片真的太好笑了放上來可能會有人生氣所以還是算了想看的人請按讚到了學校再給你看　對了去唱卡拉ＯＫ的時候發現有動物男孩的新歌了！！！

二十七日凌晨三點半左右，〇〇縣××市△△町某棟十五層大樓的住戶打電話報警：「我聽到聲音，過去一看，發現有個女孩子倒在地上。」〇〇縣警察局××員警在停車場找到滿身是血、倒在地上的縣立高中二年級女生（十七歲）。女生頭部受到重擊，送到醫院約一小時後傷重不治。

根據該警察局公布的消息，女學生與家人同住在該大樓的十四樓，房間陽台欄杆上有疑似女學生的指紋，警方研判很有可能是跳樓自殺，正據此展開調查。現場沒有發現遺書。

進公司第二個分配到的單位是營業部的管理課。同期好像換過很多個部門，我一直留在這個單位。這家公司主要是以辦公室及商店為客群，製造、販賣各種不鏽鋼家具及產業機械，最近將事業版圖拓展到亞洲圈，與這項業務有關的人都忙得不可開交。幸好是老字號，也是業界的第一把交椅，工作環境基本上還不賴。

「針對以上問題，我會繼續調查，如果還有任何問題歡迎隨時跟我聯絡。」

聽到每個月都要聽上兩次的結語時，會議室內的氣氛頓時鬆懈下來。這是與公司內部使用的會計系統維護工作有關的例行會議。管理課因為要處理營業部的數字，規定要參加，但主要還是系統課與外包的維護廠商在討論，所以幾乎變成一個月兩次的一小時休息時間。從星期四上午十一點開始，前三十分鐘還能用來回覆堆積如山的信件，後面三十分鐘幾乎只是坐在那裡而已。雖然不急，但遲遲未能解決的問題一直拖著，會議變成只剩下「針對以上問題，我會繼續調查，如果還有任何問題歡迎隨時跟我聯絡」這句咒語，問題顯然根本沒有解決。雖然很疑惑開會到底有什麼意義，但是這種毫無意義的時間也能領到薪水，所以我暗自發誓，絕不要把這份幸運拱手讓人。

回到座位，擦掉寫在每個部門都有的白板上的字「系統會議，九樓（六）」。營業部多半是穿著土氣西裝的男人，辦公室的景色十分單調。高層認為「代表公司的銷售人員非男人不可」，因此營業部營業課沒有女性。我告訴恭平這個現象時，他還忿忿不平地說：「現在還有思想這麼守舊的公司啊，這簡直是性別歧視嘛。」明明我才是被歧視的人，卻一點也不覺得憤怒。比起來，我更不想代表公司出去跑業務或出差。

管理課基本上根本沒有機會外出。起初因為無法出去透透氣而感到很痛苦，但是習慣以後，去買咖啡、去便利商店都能消除無法離開辦公室的封閉感。扣掉每個月關帳的時間，和上頭交代要整理預算或收益預估等資料的時候，只要別發生意料之外的問題，都能準時下班。

喚醒進入休眠狀態的電腦，所有在例行會議時寄來的電子郵件都已經看完了，昨天就已經請主管確認過今天傍晚開會要用的資料，也印出來裝訂好，暫時沒有急著要做的事。

很好。

我點擊滑鼠，打開資料夾。心想這項作業已經一個多星期沒做了，「交接清單」的檔名便出現在游標前端。

一旦沒有立刻要做的事，我就會把交接清單更新到最新版。這是總有一天必定要用到的文件，為了盡可能做得仔細一點，提高資料的完成度，沒想到竟然成了工程浩大的作業。像是系統的使用方法，光是擷取每個步驟的畫面，再加上說明文字，就要花費很多時間。倒也不至於因此產生想學什麼，好得到新知識或技術的心情，但是這份提升交接清單準確度的作業，非常適合無法睜一隻眼、閉一隻眼地默許自己上網打發時間的我。

因為貼上大量的圖片，檔案很大，花了幾秒鐘才打開 Word 文件。只要具備基本的電腦技能，很快就能學會的業務曾經以一天、一星期、一個月、三個月、半年、一年的量如海浪般鋪天蓋地而來，如今閉著眼睛就能搞定。凝視檔案裡的文字，心想這種工作無疑會被恭平或像恭平那種以「靠自己闖出一番事業，不需要躲在公司的保護傘下」為目標的人鄙視到不行。

忘了從什麼時候開始，感覺身體內側湧出的能量，或者說是從細胞縫隙滲透出來的潤澤之物正在逐漸消失。

我從未想過要靠自己闖出一番事業，好讓自己不需要躲在公司的保護傘下，也完全不想在週末假日還要從事副業。無論是創業還是出國留學、學習外文，所有能讓人類成長的東西，對我來說都可有可無。我只想適度地工作，誠實繳稅，就這樣過一天算一天。這種心態到底是從什麼時候開始被視為怠惰的象徵呢。

午休鐘聲響起。

走出電梯，看到同期進公司的實加。我們很久沒見面了，約好一起吃午餐。因為是很熟的朋友，我們走向每張桌子都有面紙，便宜且分量十足的簡餐店。

「感覺好久不見了。」

實加低頭看菜單，眼線畫得濃密又有神。身為一家企業的公關，主管大概也對她耳提面命，一定要注意自己的打扮。在同期愈來愈多人結婚生子的情況下，實加也結婚了，但是還沒有小孩，所以我們非常談得來。

點了兩份薑燒豬肉定食，喝下一口冰水。這家小餐館有電視，有助於沖淡正因為推心置腹才會產生的沉默。

「最近識別證不是換了嗎？」

實加看著掛在我胸前的長方形，不經意地說。

「是不是變得花俏許多啊。」

不就是識別證嗎——我笑著以指尖把玩印有水藍色公司商標的識別證。為了加強安全性，裝了新的晶片在裡面，也設計得比較明亮。每次摸到感覺十分清涼的識別證，就覺得它可能也不想被衣服多半都很樸素的我掛在胸前。

「或許是因為那樣，最近還收到這樣的投訴。」

實加遞出公司配給的公事用手機給我看。

「嚇死我了。」

我還沒開始看，她就先丟下這句，心不在焉地盯著電視。對於視線一離開手機就不知該往何處去的我們而言，電視成了最好的落腳處。

實加是公關部公關課的組長，寄給公司網站「與我們聯絡」的信都會自動轉寄到她的公事用手機。姓名及年齡、性別、電子郵件信箱等欄位之後接著是本文。

本文：我偶爾會來這裡辦事，每次都看到貴公司的職員在大樓外面的吸菸區休息很久。一手拿著不便宜的飲料，有說有笑的樣子還不算太有礙觀瞻，我只是擔心這樣會不會給附近的餐廳帶來困擾。尤其是今天，明明時間已經晚了，還有好幾個職員在那裡抽菸聊天，大概是想利用那段時間多賺一點加班費吧。貴公司在上個月由〇〇公布的平均年薪排行榜中榜上有名，所以希望能看到貴公司員工努力工作的英姿，而不是打混摸魚的模樣。

「就是這麼回事。」

實加的聲音隔著手機螢幕傳來。

「不覺得很可怕嗎？到底是什麼人傳來這種訊息？這一帶有個陌生人看到員工休息的樣子，從識別證掌握公司名稱，連上公司的網站，找出『與我們聯絡』的頁面，特地留下這麼一大篇文章。」

滿是輕蔑的語氣靜靜地迴盪在店內。

「最近連消防員吃個飯也會受到批評，沒想到就連民間企業也會收到投訴，這個世界真是沒救了。什麼因為貴公司在平均年薪排行榜也榜上有名嘛，這句話今後想必也會用在很多地方吧。」

電視螢幕中播放著午間的談話節目，正在報導上週發生的連續隨機殺人魔事件的凶手背景，與實加的嗓音互相呼應。

「我有自信無論發生再討厭的事，也不會因為看到在吸菸區休息的人，就向對方的公司投訴。在網路新聞的留言區寫下要藝人去死的人也好不到哪裡去，很好奇他們到底是有多麼欲求不滿才會做出這種事。」

「根據國中同學透露，連續隨機殺人魔事件的凶手從以前就很喜歡刻意強調恐怖電影的殺人場面，還會在筆記本畫下血漿亂噴的畫面給朋友看。從凶手家裡也搜出很多含有大量暴力場面的作品，關於這點，請問各位評論家有何看法……」

他們到底是有多麼欲求不滿才會做出這種事。

從凶手家裡也搜出很多含有大量暴力場面的作品。

「讓兩位久等了。」

薑燒豬肉定食送上桌的同時，我把自己的手機放在實加的公事用手機旁邊。與本文一起轉送到公事用手機的名字、年齡、性別、電子郵件信箱。

我抱著姑且一試的心情，先用名字試著上網搜尋。像這種時候，「名字」和「年齡」可能都是假的，但是從這次的文體來看，感覺像是老人寫的文章。既然如此，說不定有機會找到——這種天真的期待立刻被打碎了，沒搜尋到任何有用的線索。既然如此，我把電子郵件信箱輸入自己的手機，還是沒有任何有用的線索。如果對方用的是免費信箱，搜尋電子郵件網址，或許就能撈到與拍賣等其他服務有關的網頁，要是對方有拿東西出來拍賣，或許還能掌握到他的興趣或居住地區等琳琅滿目的個資，但這次仍徒勞無功。既然如此——我刪去電子郵件信箱@後的部分，只用英文字母和數字的部分再搜尋一次。從預設值換成英文字母和數字的排列組合其實都不是無中生有，數字可能是出生年月日或信用卡號等平常也會用到的熟悉數字，對本人而言很可能有某種意義。如果是那樣的話，其實有很多人會直接用來做為推特之類的帳號——

猜中了。

我點擊出現在搜尋結果裡的帳號。推特的帳號與電子郵件信箱@前面的部分一模一樣。看了一下個人簡介，是育有一兒一女的母親，好像是某位演員的影迷。這個帳號申請於四年前，亦即所謂追星用的「粉絲帳號」。根據過去上傳的文章，可以確定她住在東京，經常光顧公司附近的商業設施，大概就是這個人沒錯了。

「與我們聯絡」的內容轉寄到公事用手機的時間是昨天晚上九點四十二分。我檢查這個帳號昨天發表的文章，真不愧是粉絲帳號，文章好多。

果然沒錯。

「妳看這個。」

我將自己的手機螢幕朝向實加。

「這個人並沒有欲求不滿哦。」

昨天晚上九點四十二分，那個人確實在公司的「與我們聯絡」頁面寫下抱怨。但是昨天好像也是由丈夫負責張羅兒女晚飯的日子，她則開開心心地與同為粉絲的朋友在外面用餐，在七點三十二分上傳擺了滿桌子泰國菜的照片。那家店大概是開在公司對面的商業設施裡，是最近很有名的餐廳。十點五十四分又上傳「老公今天還幫我洗碗，真是貼心。今天很感謝大家，期待下次的粉絲聚會！」的文章，與一起吃飯的成員拍的合照，以及收拾得乾乾淨淨的餐桌、孩子們擺出V字形手勢的照片。

大概是結束了在知名餐廳的聚餐，前往車站的途中，經過大樓外面的吸菸區。然後應該是與朋友分開，坐在電車上的時候，連上「與我們聯絡」的網頁。

「並不是因為欲求不滿才寫信向公司抗議休息的員工，也不是因為喜歡有大量暴力描寫的漫畫才變成殺人魔。」

薑燒豬肉甜甜鹹鹹的香味不緊不慢地刺激著鼻腔。

「是就連自己也看不見的東西不斷積累的結果，誰也不曉得壓倒駱駝的最後一根稻草會是什麼。」

因為怎樣所以怎樣，這種健全理論始終走在健全的道路上，然後有一天，華麗地翻車了。

「因為欲求不滿而攻擊別人」、「因為看了這種漫畫才會殺人」，反過來說就是

「自己過得很充實，所以不會攻擊別人」、「自己沒看過那種漫畫，所以不會犯罪」。那個人很奇怪，自己很正常。我們總希望能這樣楚河漢界地一刀兩斷，希望遵循健全理論說服自己，為此感到放心，但是這種心態很可能會為擋在自己與別人之間那堵又高又厚的牆壁砌上第一塊磚。

因為請宅配公司再送一次貨，所以不會自殺。

因為另一半要求離婚，所以很可憐。

因為交了新的男女朋友，所以已經沒事了。

因為欲求不滿，所以才會抱怨。

因為愛看描寫暴力的漫畫，所以殺人。

不能輕信這種方程式。

自己與別人、幸福與不幸、生與死並沒有明確的界線。

「好厲害啊妳。」

實加把我手邊的公事用手機移到自己面前。

「什麼，找到對方了？這是那個人的推特嗎？就這麼短短的兩、三分鐘？」

實加笑著說。她的笑容看起來像是硬擠出來的。

「嚇了我一跳。不過佑季子真的好厲害呀，簡直可以去當偵探了。而且妳找到這個人的時候，表情超恐怖的。」

手指的動作也超快的——實加模仿我的動作，把公事用的手機收回皮包，又開始進攻不知何時已經吃掉一半以上的薑燒豬肉定食，抬頭看著電視說：「對了，我好討厭那個主持人。」

我將自己那份薑燒豬肉定食拉到靠近胸口的地方，味噌湯、豬肉和白飯都冷了。

「說是要以犀利的言論痛宰來賓，可是一旦有人與自己的意見不同，就一再打斷對方說話。這才不是犀利，只是唯我獨尊而已。」

電視裡，男主持人正以飛快的速度說：「表現的自由與規範，這真是個兩難的問題。接著請看下一則新聞。」根本不覺得他真心認為那是個兩難的問題。

「從中午就被逼著看掌握人心的表演，感覺好噁心。」

掌握人心的表演。

說的也是。我喃喃自語，掰開免洗筷。

人心。

齋藤　@saito_saito_saito　**十一月二十四日**

回家時路過百貨公司地下街，錢包一不小心就大失血了。收到前輩送給我的酒，配著有些豪華的晚餐喝一杯吧。

JR〇〇線發生了人身意外，二十七歲的男性上班族從月台上跳軌身亡。二十四日晚上七點左右，△△縣××市□□町的JR〇〇站，××市的男性上班族（二十七歲）遭駛回車庫的電車輾斃，當場死亡。從隨身物品已經確定死者的身分。

據××署透露，男子應是從月台跳到鐵軌上，該署正在調查詳細死因。

自己是什麼時候養成每次看到意外或自殺的新聞，就上網搜尋死者社群網站帳號的習慣呢。印象中好像是從前夫提出離婚要求那天開始，又覺得好像與此事無關，儼然從社群網站大行其道的很久很久以前就在腦海中養成這個習慣了。

第一次找到死者的帳號時，感受到一股就連自己也大吃一驚的安全感。親眼見證悖離健全理論，發現人隨時會在沒有任何前兆的情況下死去時，感覺好像有人幫從以前就一直有點想死的自己蓋上溫暖的毛毯。

隨著搜尋次數愈來愈多，鎖定某個人的能力也愈來愈純熟。新聞基本上不會報導出死者的名字，但是只要用與意外或自殺有關的關鍵字搜尋，很快就能找到死者的朋友或同事、乃至於其他相關人士的貼文。其中又以學生特別好找，只要找到與死者同年級、同社團的人，兩三下就能從他們追蹤的清單中鎖定本人的帳號。

最近很多人會把帳號設為不公開，無法再輕易地順藤摸瓜找到死者的帳號，但也不乏直接引用最近與死者的互動，再假惺惺地加上一句「明明昨天才像這樣互動過，怎麼會，我真不敢相信」的留言，彷彿自己才是最受傷的人。如此過剩而簡易的憑弔著實省了我不少工夫。

看到平凡無奇的貼文停留在最後更新的那一刻，就像看到突然被斬斷的人生剖面圖，真痛快。然而尚未乾透、還閃爍著溼潤光澤的剖面，同時讓我覺得自己彷彿活在隨時都會碎裂崩塌的薄冰上，只是每天都抽到「還沒死」的下下籤。

與透過交友軟體認識的男人約會時、蹲馬桶之際、睡著以前。猛然回神，自己正根據從報導上得知的地名、年齡、性別等條件，在無邊無際的網海中，撥開千絲萬縷的生命，心無旁鶩地朝自己剛剛才知道的唯一一個目標前進。每次進行這項作業時，都能充分感受到沒有任何一個帳號是相同的，換句話說，每條生命在這個世界上都是無法被取代的唯一。當這種感覺到達頂點，同時也是找到死者最後一篇貼文的瞬間，等於不得不面對那條無法被取代的生命消失後，地球依舊繼續轉動的事實。如此強烈的自相矛盾，為我的心帶來甜美的震顫。

請宅配再送一次的紙箱放在空無一人的房間裡。

潛入自己一個人的時間，不用與朋友、情人、家人分享，至高無上的幸福。

與陪在自己身邊的人緊緊相繫的同時湧上心頭，希望此時此刻就是世界末日的強烈毀滅願望。

沒有絲毫惡意，過去也沒有任何心靈創傷，卻說出傷人的話。用為孤苦無依的孩子蓋學校的手握住生殖器或刀子。

世上有許多方程式的答案其實都落在健全理論之外。

「喂，內線。」

耳邊傳來電話鈴聲。

「喂，好的，稍等一下，她在位置上。」

坐在隔壁的管理室長手裡拿著話筒，眼神望向這邊。我這才發現是室長替我接了打給我的內線電話。

「妳好像從下午就一直發呆，沒事吧？我把電話轉過去嘍。」

從室長那邊繞了一圈轉過來的內線是系統課打來的電話，想再確認一次以前就要求改善的部分。我講解完畢，掛斷電話，向室長道歉：「對不起。」

「如果身體不舒服，要不要去保健室休息一下？現在應該還來得及。」

室長看了時鐘一眼說。不知不覺只剩十分鐘就要下班了。

「我只是有點心不在焉，沒有不舒服，真的很抱歉。」

室長笑說：「幫忙接內線電話還真是新鮮的體驗啊。」只要別犯錯，他就不會多說什麼。無論是身為上司，還是身為異性，都不須挖空心思與他溝通。在我生活的世界裡，沒有會鬧上網路的新聞，也沒有惡名昭彰到在推特引起幾萬人轉推的壞蛋。

所以雖然還不到幸福的地步。

與實加吃完午飯後，因為沒有發生特別緊急，需要馬上處理的事，我又繼續更新交接清單。傍晚有一場與營業部預算有關的會議，資料前一天就做好了，會議中也不需要我發表意見，所以我只是安靜地坐在那裡。回到自己的座位，每隔幾十分鐘檢查一下有沒有收到新的信，順便上網看一下新聞。光是下午這段時間就出現好幾個夾雜著過勞死與勞動方案改革等字眼的新標題。為年紀輕輕就死去的兒子發聲的母親令我很心痛，另一方面，內心也有個處在一年四季都把溫度調節得十分宜人的場所，正在等待準時下班的自己。

再一會兒就下班了，同時也沒有需要更新的地方了。

我把體重靠在椅背上，盡情地伸直雙手，彷彿剛順利完成十萬火急的業務。曾經以一天、一星期、一個月、三個月、半年、一年的量，如海浪般鋪天蓋地而來的業務，如今已全部分門別類，並加上詳細的說明。我遠遠地欣賞螢幕裡的文件，內心湧起一股強烈到不是很恰當的成就感。

字數就不必多說了，還貼上大量的圖片，所以雖然是文字檔，檔案卻大得可怕。我伸個懶腰，脊椎骨劈里啪啦發出一陣脆響，邊用識別證掃過部門共用的印表機，機器「唰！」地一聲吐出大量的A4紙，就像剛出爐的料理一樣熱騰騰的。

當印表機吐出最後一張紙，我用右手的食指與大拇指拎起一疊十幾張的紙。厚達幾毫米，重達幾十公克。

有了這疊紙，就算我現在無聲無息地消失，地球還是能順暢地繼續運轉。

下班鐘聲響起。

我這麼以為，但其實是電車發車的旋律。

回過神來，我正站在車站的月台上等電車。我不記得自己什麼時候下班，也不記得有沒有確實打卡。香菸的最後一縷氣味宛如從指縫間溜走的魚尾巴，從鼻尖迅速地逃走。啊，既然會聞到這股味道，表示我來這裡之前先經過位於辦公大樓後面的吸菸區。既然是一如往常的行動，表示我應該確實打卡下班了。

電車來了。可是腳步卻邁不出去。電車又走了。

我感覺全身只剩下站著的力氣，除此之外的力氣正逐漸離我而去。

回家路上到底發生了什麼事。

下星期一要開始進行結帳作業，所以要著手處理每月的例行工作。只是明天才星期五，一整天要做什麼呢。有一場會議要開，那是由總務部主導的防災會議，我只要代表營業部參加即可，所以沒有什麼特別要做的事。話說回來，那層樓的員工真的從早上九點就一直在工作嗎。

電車來了。可是腳步卻邁不出去。

看了看手錶，還不到七點。現在回家也沒有任何人在等我。自從我離開故鄉、出社會、結婚、離婚，不知不覺間，會特地約見面，能以朋友相稱的人或許早已無聲無息地從我人生中消失不見。

肚子在叫。

我用微微被風吹動的劉海底下的腦袋回憶冰箱裡的陣容，從可能已經超過保存期限的順序，依序浮現幾樣食材，在腦海中排列組合，想像能變出什麼食物。

咦？

這次改為想像從離家最近的車站走回住處的路線，在腦海中點名一家又一家會經過的餐館。

電車又走了。

腦中一片空白。
肚子明明很餓，卻完全不知道自己想吃什麼。
形狀相同的電車又滑入空曠的鐵軌，在這之前，我已經錯過幾班車了。
算了，無所謂。
已經數不清看過幾次，我個人十分喜歡的截圖流入一片空白的思緒。

柚子@移居鄉下&虛擬貨幣部落格　@YUJIYUJIYUJI　二月十八日

為了在寫文章的時候轉換一下心情，我開始玩起贊助商森健（@ken_mori_beyond）告訴我的遊戲軟體，一玩之下不得了……明明還有一堆工作待完成，卻停不下來……我有預感，這將是我繼寶可夢GO後再度迷上的遊戲……等我玩得熟練一點再把攻略寫在部落格上與大家分享（快去工作）。

二十一日下午四點四十分左右，〇〇市××路，△△縣〇〇市的自由業男性（三十二歲）開車撞向馬路左側的水泥牆。男子頭部受到強烈撞擊，當場死亡。根據安裝在附近商店的監視器畫面判斷，車子從某個地點突然開始加速，撞牆時的時速高達八十公里。包括自殺的可能性在內，〇〇署正在調查肇事原因。

找到死者的社群網站帳號時，我都會拍下那個人最後一次發表的文章，然後再回到引導我找到那個帳號的死亡新聞，擷取畫面。如此一來，只要食指往旁邊滑動幾公分，就能順暢串連起那些輕巧掙脫健全理論的瞬間。

沒想太多的發文、死亡報導、沒想太多的發文、死亡報導。

與透過交友軟體認識的男人約會時、蹲馬桶之際、睡著以前。被恭平愛撫的瞬間、母親出現在餐廳前、與實加共進午餐後。那些習以為常、順暢的串連會以比平常更快的速度、就連電車也追不上的速度，鋪天蓋地地湧入視線範圍。

夏樹高橋　@natsuki__TKHS　**九月二十六日**

今天和亞矢拍的影片真的太好笑了放上來可能會有人生氣所以還是算了想看的人請按讚到了學校再給你看　對了去唱卡拉ＯＫ的時候發現有動物男孩的新歌了！！！

二十七日凌晨三點半左右，○○縣××市△△町某棟十五層大樓的住戶打電話報警：「我聽到聲音，過去一看，發現有個女孩子倒在地上。」○○縣警察局××員警在停車場找到滿身是血、倒在地上的縣立高中二年級女生（十七歲）。女生頭部受到重擊，送到醫院約一小時後傷重不治。

根據該警察局公布的消息，女學生與家人同住在該大樓的十四樓，房間陽台欄杆上有疑似女學生的指紋，警方研判很有可能是跳樓自殺，正據此展開調查。現場沒有發現遺書。

我從皮包拿出手機。

只用一根手指就叫出最近最喜歡的截圖。

齋藤　@saito_saito_saito　十一月二十四日

回家時路過百貨公司地下街，錢包一不小心就大失血了。收到前輩送給我的酒，配著有些豪華的晚餐喝一杯吧。

JR○○線發生了人身意外，二十七歲的男性上班族從月台上跳軌身亡。

二十四日晚上七點左右，△△縣××市□□町的JR○○站，××市的男性上班族（二十七歲）遭駛回車庫的電車輾斃，當場死亡。從隨身物品已經確定死者的身分。

據××署透露，男子應是從月台跳到鐵軌上，該署正在調查詳細死因。

晚上七點左右，月台上。

已經凝視過無數次的文字烙印在視網膜上。

自己現在在哪裡。

總覺得，已經，無所謂了。

他們大概都這麼想。

我明白。並不是因為發生什麼事，覺得苦不堪言，好想死掉，好想死掉，好想死掉而開始助跑，而是冷不防覺得已經無所謂的瞬間。就像突然颳起一陣風，差點站不住腳。我不是很清楚，然而又再清楚不過。

感覺排好的隊伍開始移動。明明自己跟前沒有半個人。

我往前跨出一步，儼然縮短一人分的距離。

就在那一剎那。

「恭平傳來一則新訊息。」

螢幕上方顯示出這樣的通知。

我用指尖輕撫。

「工作提早結束了，路過百貨公司地下街，錢包一不小心就大失血。要不要來我家？家裡還有別人送的酒，不如配著有些豪華的晚餐喝一杯吧。」

輕撫畫面的指尖彷彿當場被刺了一下，動彈不得。

不想移動這根手指。

我看著恭平傳來，與某個不知名的陌生人最後發表的文章如出一轍的訊息，心裡這麼想。

感覺只要稍微動一下手指，說出這句話的人就會跟過去那些人一樣，從這個世界上消失。

我不希望恭平消失。

好像突然有一陣風吹過，差點站不住腳。

這麼一來，感覺自己險些撞上排在前面的人，我停下腳步。儘管自己跟前沒有半個人。

電車來了。風吹開我的劉海。

耳邊傳來「請退到白線內側」的廣播。

明明沒有互相表明心跡，也沒有在交往，只是維持著不用負責的肉體關係，心裡卻突然颳起一陣強風，不希望他消失。

電車走了，恭平還留在我的腦子裡。

如同有時候會毫無理由地想從這個世界上消失，有時候也會毫無理由地熱切感到自己正強烈思念著這個世界上的某個人。如同時時刻刻都有點想死，如同沒有任何原因只想讓這個世界毀滅；另一方面也有個時時刻刻都有點想活下去的自己，沒有任何原因，只想把某個人視為至高無上的存在。

請退到白線內側。

我退到白線後面，開始搜尋通往恭平住處的電車路線。我知道，像這樣愛到無可自拔的幾天後，自己又會恢復到就連為了去見對方而必須換衣服都嫌麻煩的狀態。正因為人生無法光靠健全理論活下去，才會被直覺認為一加一等於二那個閃閃發亮的瞬間擊倒。

不知道原因是什麼，但我好想見恭平。或許早這麼告訴對方就好的過去牽引著現在的我，走向通往未來的路線。

流轉

1

用五百圓換來的小胸章又換成酒的那一刻，豐川感覺剛才購買現場票時那股迷迷糊糊的懷念之情一口氣變得清晰起來。摸著買現場票找回來的五百圓硬幣，心裡湧起一股安全感。那是以前每兩個月去一次Live House時，每次都會有的安全感。

用來買飲料的五百圓硬幣，用於投幣式置物櫃的百圓硬幣所帶來的從容。

不用被一板一眼、每次去Live House前都會事先準備好零錢的瀨古不耐煩地數落「你又沒帶零錢啦？」的輕鬆。

豐川調整好彷彿瞬間要從骨頭縫隙融解出來的心臟。早在經過這家Live House前的時候，他就有預感，要是以現在的精神狀態進去，一定會受到致命的打擊。也很清楚自己現在還沒有做好即使是預感中的事，仍能不被打倒的心理準備。儘管如此，仍然無法改變前進的方向，那個Live House就是有這麼強烈的吸引力。

今天只能先早退了。午休前一刻，被管理業務與人事的董事叫去的瞬間，耳邊傳來某些東西傾倒散落的聲音。在會議室裡待了三十分鐘左右，理應早已看慣的桌子卻怎麼也看不習慣，令豐川覺得很不可思議。走出會議室，明石的身影映入眼簾。董事們離開會議室時，看也不看明石和豐川一眼。明石看著豐川。豐川一句話也說不出口。

提早離開公司，卻也無意回自己位於埼玉，單程就要花上一個半小時的家，直覺地前往新宿，想融入那個擁擠到足以讓名片上的頭銜與自己一路走來的人生都失去意義的街道。想成為一個籍籍無名，讓所有人看過即忘的個體，而非豐川靖典這個有名有姓有歷史的人。

走進咖啡廳，抽了根菸，然後又漫無目的地走來走去時，也不知道是有意識還是無意識，竟然走到以前常去的 Live House。如果用 Google 地圖搜尋，反而會繞來繞去找不太到的 Live House，與往日無異地立著小巧的看板，上頭寫著「可現場購票」。看到寫在板子上的兩個樂團名稱和「依照慣例，兩個月才有一次的雙人秀」文字時，豐川就像自動在鬧鐘響的前一分鐘起床那樣，也像腦海中剛浮現某個人的臉，幾秒鐘後就接到那個人打來的電話那樣，在感覺到奇蹟似的偶然同時，也感到一股會讓身體冒出雞皮疙瘩的暗潮洶湧。

晚上七點開演，還差十分鐘左右。

豐川面向還沒有人上台的舞台，在右手邊的後面找了個地方就定位。當他把西裝筆挺的背部靠在黑色牆壁上，才發現自己腋下流了很多汗。內心湧起對身體有一部分溼溼冷冷的不痛快，但又覺得經過這家 Live House 前，充滿全身的不痛快若能集中在某一點，或許也不失為好事一樁。

放在西裝胸前口袋裡的手機開始震動。如同之前已經出現過無數次的反應，豐川既沒有從口袋裡拿出手機，也沒有從口袋外側進行任何操作。

假如看到螢幕上顯示明石的名字，他肯定無法繼續當作沒看見，而且明明是自己的事，他卻完全無法預料自己到時候會有什麼反應。

懶得放進置物櫃的公事包現在變得十分礙事。豐川小心別讓裝在軟軟塑膠杯裡的酒灑出來，把公事包放在雙腳中間，這麼一來，也同時看見照亮舞台的燈光正以歪七扭八的形狀從日漸失去彈性的皮鞋表面滑落。

從前以兩個月一次的頻率來這家 Live House 時，穿著合腳又便宜的球鞋，再怎麼跳來跳去也不覺得累。

已經是二十年前的事了。

那個時候的自己每天穿著球鞋，總是和瀨古混在一起。兩人以筆為刀，過著以欣賞這場雙人秀為工作動力的每一天。現在回想起來，正因為瀨古具有事先準備好零錢，迅速地把隨身物品塞進置物櫃的性格，才會傾心於畫圖這種細緻的作業也說不定。豐川每次都說那樣就可以交稿了，但瀨古從不妥協。

二十年前、球鞋、瀨古、緊握的筆、音樂就是燃料的每一天。

現在、皮鞋、明石、不想接的電話、不再聽音樂的自己。

如同要在完美呼應的記憶間拉出一條線，豐川嚥下一口酒。只有冰涼，沒有味道。從以前就是這樣，在Live House喝的酒一點也不好喝。這點完全沒變。預售票三千圓、現場票三千五百圓、一杯飲料五百圓、如果要把東西放進置物櫃裡還需要一百圓，這些都跟以前一樣。可以聽到現場演奏的場地對觀眾的要求跟以前一樣，分毫未變。

會變的一向是人類。

回過神來，人已經多到填滿三分之二的空間了。話是這麼說，但就算客滿也不到兩百人，這種規模的Live House肯定賺不了什麼錢。豐川感覺腋下的汗水逐漸收乾的同時，也發現自己的意識正一點一滴地恢復冷靜。放眼望去，說不定自己是今天觀眾中年紀最大的人。重新意識到第一組表演者還沒上場，腳就已經發痠的自己早已不屬於平日聚集在Live House的客層。

四個人出現在舞台上。

台下響起熱烈掌聲，四人各自以舉手、點頭的方式回應。對他們來說，觀眾高呼他們的樂團名稱或個人名字應該已經是家常便飯。接下來就要開始演奏，卻絲毫不見緊張的模樣。

完全沒變。豐川望著時隔多年又出現在眼前的人影，一時半刻看得失魂。

「感謝大家在平日的晚上聚集在這裡。」

當主唱報上樂團名稱，台下又響起如雷的掌聲。這是雙人秀的第一組表演。不久前才慶祝出道二十週年的四人組搖滾樂團，全體成員都已經四十歲了。這四個人從出道時就拒絕使用事先錄好的音源，堅持現場演奏，絕不採取俗稱「對嘴」的手法。

「這場以兩個月一次的頻率持續到現在的雙人秀，轉眼間也來到第二十二年了。倒也不是因為這樣，不過我們今天打算為各位獻上多首以前的曲子。那麼，請聽第一首歌。」

前奏響起。

與此同時，手機也在西裝左胸前的口袋裡震動起來。

流入耳膜的音樂讓他想起過去與瀨古共度的歲月，胸口感到的震動則提醒他明石的存在。順便突顯出就連此時此刻，他也沒想過要依賴妻子奈央子的事實。

或許這通電話既不是明石，也不是任何人，而是過去的自己打給自己的電話也說不定。與瀨古分道揚鑣的自己。利用奈央子的自己。從明石身邊逃開的自己。或許是形成現在自己的過去自己湊在一起，敲打著距離心臟最近的地方。

豐川依然如故，並未把手伸向胸前的口袋，只是耐心地等待震動結束。凝視開始隨著音樂搖擺身體的各色背影，感覺身體彷彿被撕成碎片，要是心臟的跳動也能跟著一起停止就好了。

2

看到自己畫的漫畫原封不動地刊登出來時，瀨古腿都軟了，這是豐川有生以來第一次親眼看到腿軟的現象。

「真的登出來了。」

直到實際刊登出來前，他們都很擔心自己的作品夠不夠格頂著新人獎的頭銜發表，一旦看到自己創作的人物活靈活現地出現在熟悉的畫面中，又覺得自己的作品不會輸給任何人，真不可思議。與其說是對自己的作畫能力充滿信心，不如說是對自己創造出來的人物魅力有自信。那是他們大學四年級的春天，當時他們二十一歲，身邊的朋友都已經開始找工作了。

豐川剛上大學，就在語言學的課堂上遇見瀨古。兩人都是從鄉下來東京讀書、沒加入社團、剛開始打工還不習慣……有很多能讓他們產生同儕意識的共通點，因此很快就變成好朋友。再加上他們住的公寓也離得很近。瀨古家裡有堆積如山的漫畫和插畫集，豐川家則申請了很多可以欣賞連續劇、電影的串流影音服務。當他們在彼此家裡進進出出時，豐川在瀨古家看到某部長篇漫畫。

劇情描寫熱愛構思故事的主角與熱愛畫圖的同班同學聯手，組成男子高中生漫畫家二人組，在日本最有名的漫畫雜誌上嶄露頭角。對於這輩子從未把球當成朋友，也沒想過要懇求學校老師讓自己打籃球的豐川而言，那部漫畫給他的感覺明顯與以前看過的漫畫截然不同。

看著漫畫，豐川有生以來第一次覺得，這或許就是自己的故事。

豐川在瀨古家看完那部作品時，由漫畫改編的電影上映了。這次換成和瀨古一起在豐川家看那部電影。看完電影，確認過自己倒映在閃爍著黑色光澤的電視螢幕中的表情，豐川打開電腦桌的抽屜，拿出一本筆記本。

這輩子，直到這個瞬間以前，這本筆記本從來不曾出現在自己以外的人面前。

豐川喜歡故事。從小不管是看連續劇還是電影，都會偷偷記下如果是自己，這裡會怎樣演；如果是自己，這裡會說什麼話。在筆記本裡撒滿稱不上是小說或劇本的故事種子，來東京的時候已經集滿四本了。

豐川讓瀨古看了寫得密密麻麻的筆記本，瀨古問：「現在可以來我家嗎？」不等他回答就站起來。兩人前往瀨古距離豐川家用走的就可以走到的公寓。前腳剛踏進房間，瀨古就從造型與豐川家相仿，大概是向同一間家具行買的書桌抽屜裡拿出外型也大同小異的筆記本。看到封面時，豐川覺得很神奇，心想瀨古大概也跟自己一樣，從未讓別人看過那本筆記本。打開一看，每一頁都是畫到一半的漫畫和插圖。

那天最令他印象深刻的一幕，不是讓瀨古看自己的筆記本，也不是看到瀨古的筆記本，而是兩人一前一後從豐川住的公寓走到瀨古住的公寓那段路。

平常都是並肩同行，那天因為太害羞了，才會一前一後地走，以免看見對方的表情。雖然是東京，但因為房租特別便宜，街道的景象與故鄉幾乎沒什麼差別，早已打烊的連鎖咖啡廳的玻璃窗正以置身事外的表情映照出兩人不安定的步伐。每走一步，瀨古髮量濃密的頭就毛茸茸地晃來晃去，十分好笑。

天氣很熱，滿身大汗，豐川切身感受到夏天即將揭開序幕，以及體內正燃燒著溫度遠比夏天還高的火焰。

先由豐川構思故事，製作成簡單的分鏡，再由瀨古將分鏡畫成漫畫。兩個人會先討論一遍，找出需要改進的部分，然後在瀨古的主導下畫成漫畫。因為只有瀨古會畫畫，豐川為了盡可能貢獻一點力，也學會了貼網點和塗黑背景。兩人一面投稿參加新人獎，一面帶著原稿去旗下有漫畫雜誌或網路媒體的出版社毛遂自薦，同時將作品上傳到合力製作的社群網站。上傳到社群網站的作品有好幾次都被瘋狂轉載，但是那些迴響就像煙火般，稍縱即逝。投稿到出版社或新人獎的作品也遲遲未能開花結果。但豐川仍拚命構思故事，瀨古也拚命練習繪畫，不斷地合力完成漫畫，除此之外沒有別的辦法。在他們鍥而不捨的努力下，毛遂自薦的作品得到編輯愈來愈好的反應。

當時他們的內心都還很堅韌，足以妥善地安頓好火熱的心。即使一整天埋首案前，腰和肩膀也不會痠痛。手裡拿著筆的自己就好像得到水的魚，充實得甚至不知羞赧為何物，反而覺得過去人生使用到的頭腦和身體是不是只占了全體的百分之幾。

然而，一旦工作久了，手還是會痛。只好在腸枯思竭的深夜裡，心不在焉地盯著電視，一面把上網查到的按摩手法用在自己身上。

綜藝節目最適合創作者的腦袋。編織故事是基於一路走來的人生經驗，以及利用天馬行空的想像力去到光靠人生經驗去不了的地方，把靈感擠到再也擠不出任何一滴為止的作業。即使腦中已經一片空白，也必須再把自己倒過來搖一搖。就像斷食後應該吃些清粥等沒有負擔的食物一樣，別說是其他漫畫了，就連曾經那麼喜歡的電影或書，大腦也拒絕接受。因為榨乾到一滴不剩的腦袋和身體再也承受不了從作者的人生過濾出來真心誠意的訊息。像這種時候，綜藝節目當中每個人都滿嘴場面話，小心翼翼不流露出赤裸真心或本意，可以說是恰到好處的調味料。

大學二年級，十九歲的夏天。

豐川那天也利用少許的休息時間按摩自己的手。這時他已經很熟悉如何沖泡陪自己工作的咖啡，知道提神飲料的效力依廠商而異，掌握每個時段有哪些可以用來調劑身心的節目。到了這個階段，出版社對他們投稿的漫畫原本變來變去的建議也逐漸變得大同小異。

豐川把裝著熱騰騰咖啡的杯子抵住右眼的眼皮，回想截至目前得到的各種建議。直到前一陣子，出版社給他們的建議主要都是要求他們提升技術，例如「先練習好畫法再來」、「內容與畫風不合」、「無論是外表還是內在都得讓人物做出區隔」，最近則是一些技術上已經無法改進的部分，例如「台詞沒有真實感，缺乏抓住讀者內心的熱情」、「無論設定為奇幻還是現代的舞台，都需要從紙上逼近現實生活的迫切感」、「必須要有貫穿整部作品，類似內心話的精神，否則總覺得哪裡假假的，虛構與虛偽是兩回事」。豐川每天都在思考如何構築架空的世界，讓虛構的故事變得更有趣。就算說他的故事假假的，他也不知道如何改進。

不知何時，瀨古手裡拿著遙控器，似乎為了追求新口味的清粥，轉來轉去地一直換台。真實。熱情。迫切感。內心話。不虛偽。豐川將杯子移動到左邊眼皮。真實。熱情。迫切感。內心話。不虛偽。與這些要素恰恰相反的綜藝節目如走馬燈般在螢幕裡不斷變換。

這時，畫面中出現兩個握著麥克風的男人。

是饒舌歌手。豐川發現自己看到手裡握著麥克風的男人，第一個想到的不是歌手，而是饒舌歌手這個詞時，深刻地感受到最近的饒舌風潮。豐川與瀨古去大學上課的日子愈來愈少，目前饒舌歌手當道這件事是他們用身體感受到的現象，也大致知道這股風潮是由某個深夜節目帶起。

「這是那個嗎？」

即使說得語焉不詳，豐川也知道瀨古想說什麼。「這好像是我第一次認真看。」「我也是。」彼此都以只有自己聽得見的音量說話，努力放鬆堆積著疲勞的部位。

真實。熱情。迫切感。內心話。不虛偽。雙眼已經溫熱了，改用手指用力地按摩眼周。真實。熱情。迫切感。內心話。不虛偽。這幾個字在腦海中捲起漩渦。

睜開雙眼，電視裡傳來陌生的節拍。兩個握著麥克風的男人面對面地站在被觀眾包圍的舞台上，距離非常靠近。舞台上瀰漫著彷彿下一刻就要打起來的氣氛。豐川按摩完雙眼，心裡有一股預感，感覺這似乎不是清粥。從這兩個人身上感受不到其他綜藝節目的人身上那股好像用什麼東西把心包起來的氛圍。

按摩完眼睛，豐川站起來，打算伸展一下腰和背部。只是轉動手臂和肩膀、伸展脖子的肌肉就想解決運動不足的問題顯然太天真，所以他也打算做一下仰臥起坐和伏地挺身。

結果他什麼也沒辦法做。

那是豐川第一次在電視上看到一絲不掛的人。

當然不是真的一絲不掛。握著麥克風的兩個人都穿著衣服，可能還仔細地化上電視用的妝，但是卻感覺脫得光溜溜的心臟彷彿穿透衣服與妝容，正要從螢幕蹦出來。感覺就連分布在心臟表面的血管、敲打著脈膊的心跳都能看得一清二楚。與用來代替清粥的節目有著徹頭徹尾的不同。

真實。熱情。迫切感。內心話。不虛偽。原本只在自己心裡默念的字眼正從同時有幾百萬人收看的電視螢光幕蹦出來。

這個節目聚焦於稱為饒舌對決的文化。所謂饒舌對決是指由兩位饒舌歌手，配合DJ播放的音樂節奏，以即興創作的歌詞互相展現自由風格的饒舌歌曲。在電視上播出後，不只饒舌對決，原本非主流文化的嘻哈文化一時之間襲捲全國，造成前所未有的現象。饒舌對決大賽在蔚為流行前就已行之有年，至今在全國各地的Live House舉辦過形形色色的知名對決。即興創作力、內容、韻腳、節奏性等等，饒舌對決具有許多受到肯定的觀點，最重要的是對決時的態度與詞彙能真實呈現到什麼地步。

研究得愈深入，豐川與瀨古都為其魅力深深地折服。感覺至今從各式各樣的編輯口中聽到的片段建議全都集中在這裡。兩人立刻去看了最近舉行的饒舌對決大賽。初次前往的Live House不管是入口、走道、廁所、還是空間都給人狹窄的感覺，就在豐川不斷與陌生人摩肩擦踵的過程中，不知怎地，突然強烈地產生出自己已經離開故鄉、來到東京的自覺。

有很多饒舌歌手參賽，有男有女，有年輕人，也有看起來很老練的人，有人穿得很嘻哈，也有人穿西裝。只不過，一旦握起麥克風，兩兩對峙，以上的背景全部消失，所有人都卸下一切外在的要素，看起來只剩下心臟，真是不可思議。

有個年輕的女生正對著看上去像是老鳥的對手高呼「你的時代已經結束了」。有個稚氣未脫的少年逼問因為長得帥也開始拍廣告的當紅炸子雞，「讚美某種特定商品等於捨棄身為饒舌歌手的靈魂」。有個男人被對手嗆「沒有性經驗的你根本無法建立真實的人際關係」後，反嗆對方「不打算與對方廝守終身，又隨便與對方上床，這種關係虛假到爆炸，才不真實好嗎」。

看了他們的表演，不由得陷入某種包裹著自己心靈的東西不知不覺間從全身的毛孔融解出去的感覺。原形畢露的內心彷彿持續沸騰的熔岩，咕嘟咕嘟地冒著泡泡。每破掉一個泡泡，過去不曾告訴過任何人的心情便以嬰兒呱呱墜地的狀態現世。

藏在房間抽屜裡的故事們。

表現出與周圍的人一樣，喜歡玩躲避球、踢足球、打遊戲機的少年時代。

位於窮鄉僻壤角落的老家。位於老家二樓角落的房間。一個人握著筆，坐在房間角落書桌前的夜晚。

在畢業紀念冊上寫下言不由衷的「將來的夢想」。

那天晚上，與瀨古一前一後走的路。明明有很多話想說，卻無法開口，沉默前行的夏夜入口。

一直想問清楚，卻不敢問瀨古的事——即使到了要開始找工作的時期，也要繼續畫漫畫嗎？

當大學同學問他為什麼很少來上課的時候，一直撒謊「因為忙著打工」的自己。至少不想再欺騙自己了。豐川冷不防想對自己而非神明發誓。而且為了隨時都能想起這個瞬間，想把這個瞬間牢牢地釘在記憶裡。

「重點在於……」

左邊傳來瀨古的聲音。

「我們之間沒有謊言也說不定。」

即使在紛亂的聲音此起彼落的這個空間裡，瀨古的聲音仍不偏不倚地傳過來。

「或許最近一直有很多人說我們這裡不足、哪裡不夠，像是真實、像是熱情、像是迫切感、像是內心話之類的，」該怎麼說呢……該怎麼說呢……瀨古惴惴不安地尋找字眼，「無論故事舞台是架空的國家，還是虛構的時代，無論再怎麼不寫實，最重要的或許是我們是不是認真地要創造出那個世界觀、我們的原創力如何、作畫上是否毫無虛假。」

我也不知道該怎麼說才好……瀨古喃喃自語的眼眸深處，映照出兩條正試圖透過麥克風表達真實的生命。

「我會努力畫得更好。」

把一路走來的人生編織成言語，試圖僅用真實這個要素突破視覺捕捉不到的那張大網的人們。

「以我的情況來說，要畫得比誰都好，才能證明我是真正的畫手，絕無虛假。」

舞台倒映在瀨古眼裡。

看了有關漫畫的電影而開始畫漫畫，接觸到饒舌對決而發誓要做絕無虛假的自己，他們未免也太容易受影響了，未免也太糗、太難為情了。可是豐川相信總有一天，他們會願意付出一切代價，只求能重拾過去的青澀與柔軟，只求能坦率地對感動自己的事物說出自己的感動，搶著表達自己的決心，才不在乎丟不丟臉。

豐川望著瀨古宛如旗幟迎風招展的側臉，心想這次應該好好說出來。真希望能像那天晚上一樣，不用看到對方的臉，也什麼都不用說，那該有多輕鬆啊。可是——

「我也……」

豐川正要開口，瀨古的雙眼頓時燦若星辰。觀眾迴盪在四周的聲音突然大到幾乎要把天花板掀開。對決的勝負好像出來了。就像知名運動節目那樣，在場的所有人都高聲尖叫、用力拍手，忙得不亦樂乎。

舞台上，不知名的男人舉起拳頭。

當時，自己有把話說完嗎？

面對發誓要畫得比誰都好的瀨古，自己有發誓要想出比誰都有趣的故事嗎？

事到如今，早已不復記憶。

3

兩條腿漲滿了一直站著不動的痠麻。雙人秀才剛揭開序幕，明明已經盡可能把身體靠在背後的牆上，身體卻快要支撐不住自己的重量。

「剛才一共唱了四首歌，感謝各位的聆聽。」

唱完最初四首歌後，包括主唱在內，四名成員全都低頭致意。明明四名成員都跟自己一樣已經四十好幾了，體型卻跟第一次看他們表演的時候相去不遠。對於工作需要拋頭露面的人，維持體型大概也是重要的任務之一。想到這裡，內心頓時湧上又羨又妒的心情，同時也浮現明石的身影，他夢想設計出能真正幫助有困難之人的保險服務，為了實現這個夢想，既要忙於工作又要保持健康。不管工作需不需要拋頭露面，為了能一直做自己想做的事，持續照顧好自己的身心都是一件非常重要的事。

羨慕與嫉妒永遠都是局限自己發展的毒氣。

身體已經變得如有千金重，手機又開始在主掌身體的心臟正上方震動起來。幸好主唱剛好在這個時候開始解說歌曲，導致震動的聲響並不明顯。就連這樣都能讓自己鬆一口氣，豐川忍不住莞爾一笑。明明就算聽不見聲音，來電也不會消失。

「今天有很多想表演的曲目，所以我長話短說。剛才演奏了四首較早期的曲子，接下來為各位獻上最新專輯的歌曲。」

主唱對鼓手使了個眼色。會場很大，如果是初次欣賞這支樂團的表演，肯定注意不到這麼細微的動作。

大學三年級的除夕夜，豐川與瀨古第一次去了幕張展覽館。

那一年，兩人說好完成年底最後的作業後，要一起去參加除夕音樂節。讓豐川與瀨古首次見識到饒舌對決為何物的饒舌歌手也會上場表演，他們很早就買好了票。

升上大三，參加比賽時漸漸距離得獎只差一步之遙了，於是編輯給他們的建議又開始令人無所適從起來。這種劇情難以在網路上掀起話題，恐怕不會有點閱率。當那種劇情紙本化的時候，讀者一次看下來很容易厭煩。最好再簡單明瞭一點、再深入一點，讓讀者有思考空間。題材太小眾了，可能不好賣。過於追求流行……如果不拚命抓住自己心中那把尺，很可能會為了克服眼前的關卡，一天到晚改變標準。

每當快要寫出不想寫的故事、畫出不想畫的圖，豐川與瀨古就會聽嘻哈音樂。不問國籍，只要是真誠無偽、原汁原味地呈現自己人生的音樂就行。然後相信那個認為這種音樂很酷的自己。

在他們第一次去的 Live House 小舞台上表演的饒舌歌手，沒多久也開始去上那個聚焦饒舌對決的電視節目，因為出類拔萃的實力，一口氣打開知名度。但即使成為在大型會場表演，門票也能搶購一空的大明星，他的音樂也始終如一。無論拿著麥克風站在哪裡，無論對手是誰，無論是不是對著全國播出的鏡頭，每次看起來都像當初只有一個對手的時候，毫不虛偽地表現出那一瞬間從體內迸發的真實情感。

豐川想盡辦法立住自己隨時都要蹲下去的身體。

彼時，他與瀨古討論過無數次，希望他們的漫畫也能向那位饒舌歌手看齊。那段時光令他懷念，也令他感到無地自容。

真實。熱情。迫切感。內心話。不虛偽。

相信能真心誠意地守護這些東西的自己確實存在過。

那一年的除夕音樂節除了專程去看的饒舌歌手以外，也有很多嘻哈音樂領域的歌手參加，一如幾年前，世人瘋迷偶像團體的時代，主要由搖滾樂團掛帥的音樂節也會有很多偶像團體參加那樣。

時代不同了。

自己如今早已不再主動關注音樂節的消息，也不想知道現在正流行什麼型態的音樂、音樂節的節目單上又有哪些音樂人。

他只知道今天在這家 Live House 演奏的人都不在音樂節的節目單上。

社會也變了。

除夕音樂節時，豐川與瀨古為了占個好位置欣賞他們鎖定的饒舌歌手表演，決定從上一場演出就開始看。上一場的表演者是一組四人樂團，只出過一首暢銷單曲，不曉得是當年度哪一部連續劇的主題曲。不過豐川與瀨古的目的只是想趁觀眾輪替的時候靠近舞台，所以只知道這些就夠了。

那些人現在就在他面前演奏。二十二年前的除夕夜，曾經在日本規模最大的音樂節讓幾千人、幾萬人為之沸騰的樂團，如今卻在新宿一隅的某家小 Live House 表演。

時代不同，社會變遷。流行的音樂、音樂節的節目單、暢銷的漫畫、自己生活周遭的環境、當時世人認為有價值的東西、自己心中那把尺……一切的輪廓及標準都不一樣了。唯一不變的就是變。

為了活下去，直線也會變成曲線。

「接下來是最後一首歌。」

耳邊傳來這句話，語尾彷彿綁了一個釣鉤，令他不由自主地應聲抬頭。不知不覺已經唱到最後一首歌了。

「我有個請求。」

主唱突然轉身面向後方。

「最後我想演唱跟彩排時不一樣的歌，可以嗎？」

「又來了。」鼓手一臉嫌麻煩地喃喃低語，吉他手與貝斯手也困窘地笑了。所有人的語氣都像剝去外皮的水果般柔軟，與面向觀眾說話的氛圍截然不同。

這是經歷過盛衰榮枯，認識很多年的夥伴才能擁有的氛圍。豐川多希望耳朵也能像眼睛那樣閉上。久久來一次，又讓他想起自己喜歡上現場演奏、經常來看現場演奏的理由；也想起開始討厭現場演奏、不再出現在Live House的原因。

「不是啦，因為今天好像有很多年輕的觀眾，反而讓我想唱早期的歌。」

主唱的解釋換來鼓手「你還是老樣子，不按牌理出牌」的無情調侃，觀眾也笑了。然後除了鼓手以外，另外三個人開始討論要唱哪首歌，引來無法離開鼓架的鼓手大喊：「喂喂喂，也要告訴我啊！」最後一首歌變來變去或許已經是最近的常態了，觀眾看起來並未特別感到動搖或興奮。

所謂的現場演奏，是真正有實力的人才能通過考驗的表演型態。

「我們決定好最後一首歌了，那就直接來啦，請聽。」

不一會兒，耳邊傳來豐川沒聽過的前奏。如果不說直接來，根本聽不出他們沒有事先排練過。吉他、貝斯、鼓、歌全都縝密地咬合在一起，但其中肯定有什麼只有他們才能察覺的些許不協調音。

好刺眼。朝自己筆直射過來的光線令豐川瞇起雙眼。

在萬事萬物都逐漸改變的情況下，唯一誰也奪不走、無法被扭曲的東西，就是那個人自己建立的歷史，與從自身的歷史中學習到的技術。那個人建立的歷史與那個人身上的技術誰也奪不走，沒有任何力量可以摧折，足以跨越文化、國境、時代、社會的藩籬，以沒有任何人能操控的彈道無限延伸，傳達到任何一個角落。

受到這個事實的激勵，他愛上現場演奏的表演型態。自從被這個事實所傷，他開始不看現場演奏。

二十二年前的除夕音樂節，在這支樂團的舞台上，觀眾反應最熱烈的莫過於那首不曉得是什麼連續劇主題曲的暢銷單曲。這支樂團在那之後再也沒有產出過任何稱得上暢銷單曲的作品，但這一點也不重要。這群人可以用任何人都看得懂的形式玩音樂，可以在 Live House 的舞台上證明自己無人可撼動的能力。當時豐川和瀨古早已忘了自己是為了占位置才待在那裡，專注地聆聽他們創造出來的音樂。堅持由成員現場演奏的樂團兼具實力與魅力，光燦耀眼的程度不是用賣了幾張單曲、有多少人知道他們的歌這種數值化的標準所能衡量。

「今天非常感謝大家前來。」

演奏結束後，以主唱為首，四名成員緩緩地低頭致意。等到掌聲告一段落，主唱以不同於歌聲，也不同於剛才與其他成員討論最後一首歌的語氣，正經八百地開始娓娓道來：

「這場跨越搖滾與嘻哈疆界的雙人秀，從二十二年前偶然在音樂節前後出場，一直持續到現在。對於認為唯有靠自己的力量演奏所有樂器，才是音樂家應有的真實態度的我們而言，站在舞台上，沒有樂器，也沒有固定的歌詞和旋律，只靠一支麥克風就能令觀眾如痴如醉的這傢伙實在太有存在感了。該說是熱情，還是迫切感呢，感覺從無論何時何地都不說謊的他身上學到了音樂該有的模樣，那就是用最真實的聲音表達最真實的心聲。即使我們是從完全相反的方向朝名為音樂的巨大山頭不斷前進，直到現在，我仍認為他是我們的同伴。」

真實。熱情。迫切感。內心話。不虛偽。

主唱吸了一口氣。

「那麼，後半場也請盡情享受。」

後半場。聽到這個字眼時，豐川還以為自己的心臟停止跳動了，但其實只是手機的震動戛然而止。

4

人生初次連載腰斬時，編輯要他們先拋開目前奉為圭臬的想法。

「你們已經是專業人士了，不能再堅持業餘時代聽到的那些建議。因為那是業餘人士為了拿下新人獎的重點。你們已經是專業人士了，眼界必須開闊一點。像是讀者的喜好，還有點閱率。」

點閱率。只有豐川的左耳捕捉到坐在旁邊的瀨古小聲犯嘀咕。

「所謂的真實或內心話，說穿了就是作者本身的想法。只有出道後的第一部作品能以這些武器殺出重圍，接下來必須成為有好幾部代表作的大師。大部分的讀者對你們沒有興趣，請捨棄從人物的台詞迸發出來的自我主張。尤其網路媒體的讀者都是去上學或上班的時候，利用通勤的時間站在電車上看。像這種時候，他們會想閱讀作者一股腦兒強力輸出內心話的漫畫嗎？」

大學四年級春天，他們得到新人獎。故事描寫來東京上大學，卻找不到想做的事，終日無所事事的人無意間在電視上看到饒舌歌手的表演，深受吸引，努力到初次參加饒舌對決大賽的過程。

除夕音樂節後，豐川利用過年期間的休假完成簡單的分鏡。給瀨古看的時候，豐川感到前所未有的壓倒性自信，同時也擔心截至目前建立起來的一切全都土崩瓦解，而感到巨大的不安。這部作品與他過去描寫的異世界物語或戰鬥題材相差一百八十度，幾乎把自己心裡的千言萬語全都吐露出來了，心想不是零分就是一百分。

瀨古看完後，咕噥了一句「好熱」。豐川開始找遙控器想關掉暖氣的時候，瀨古舉起分鏡圖笑著說：「我是說這個啦。」

從幾個投稿的出版社中，選擇應該有很多年輕讀者的網路漫畫雜誌社。因為過去已經毛遂自薦過好幾次了，有個編輯不曉得從什麼時候開始變成類似他們的責編，那個人第一次對他們說：「時間有點緊，但是可以在下星期前把這個畫好嗎？感覺有機會拿下新人獎。」確定得獎時，他們還沒反應過來，編輯就先哭了，豐川和瀨古都看傻了。聽說這是因為該編輯進公司三年，自己經手的作品第一次得獎。

再加上那個電視節目和社會上正流行饒舌風潮的相乘效果，發表在網站上的得獎作品轉眼間就在網路引起廣大的迴響。當同學都找到工作，拿著這個最強的武器開始規劃畢業旅行的夏天，大受好評的新人獎作品的續集連載拍板定案。有生以來第一次在週刊上發表連載，比想像中還要辛苦好幾倍。

那段期間，每兩個月舉行一次的雙人秀是他們的心靈支柱。

出場順序在那場音樂節剛好排在一起的兩組音樂人當時好像意氣相投，在那之後決定以兩個月一次的頻率進行現場表演。搖滾樂團與饒舌歌手。不知道他們到底是哪裡看對眼，但是自那次音樂節以後，豐川和瀨古就成了雙方的粉絲，把去看他們表演視為給自己的犒賞。會場選在東京的 Live House，都是全站票，而且只能容納三百人的場地。

只有一次，搖滾樂團的主唱在自己的講話段落笑著說：「其實我們也可以在大一點的地方表演，但是接下來要出場的男人堅持要在不用透過麥克風就能讓所有人聽見他聲音的地方表演。」豐川聽到這句話的時候，認為這是他的真心話，真心到必須笑著說出來。豐川認為，只要去看他們的現場表演，就能得到堅持自我的力量，得以面對在商業性質週刊上連載這個新領域。不知怎地，當饒舌歌手站在小型 Live House 的舞台上，看起來反而比出現在背後充滿華麗布景的電視上、比能容納好幾萬人的大型音樂節會場上更強大。

同學們畢業旅行回來，面對即將展開的社會生活，開始長吁短嘆時，豐川交到來東京以後的第一個女朋友。大學生活的最後一次期末考那天，以前沒說過幾句話的女同學突然向他告白：「你可能不會參加畢業典禮，所以我決定今天說。」做為漫畫家出道後，生活變得不規律，原本已經不修邊幅的外表變得更邋遢，但是那個女孩——奈央子看到的不是豐川的長相或打扮，而是豐川和瀨古的漫畫，最早只刊登一格的漫畫雜誌。

「我接下來就要去自己也不是特別想去的業界當店員。看在我這種人眼中，你和瀨古同學真的好誠實。該說是有想做的事，朝著那個方向一股腦兒勇往直前嗎？我一直很在意很少來上課，偶爾來也一直在筆記本上寫東西的豐川同學，與外表無關。」

這是他有生以來頭一次聽見這種評語，但那同時也是他每兩個月去一次 Live House 的時候，在樂團和饒舌歌手身上看到的東西。

看在某個人眼中，自己的身影也是閃閃發光的直線，這令豐川欣喜若狂。

奈央子出社會之前，豐川每天處於睡眠不足的狀態。要兼顧連載，以及身邊有個隨時都能做愛的對象與場所的事實，需要的自律心遠遠超乎他的想像。他每天都夢想著乾脆不顧一切地沉溺於其中一邊算了，但是幸好當時還年輕，還能兼顧。

包括奈央子在內，同學們大學畢業，開始上班時，那個電視節目停播了。

結果就像鬆開氣球的開口，原本充滿整個社會的饒舌風潮也走向末路。本來的時段換成以男同志談戀愛為主題的深夜動畫，再加上以前也曾吹起音樂劇及二點五次元的舞台劇熱潮，引爆出空前的歌劇熱潮。過去在舞台上表現出色的人開始出現在螢光幕上，由人工智慧評分的歌唱比賽、解說知名樂曲不為人知歷史的節目開始在黃金時段播出。腹式呼吸的歌唱法、以希臘神話等世界知名的虛構舞台為背景製作的樂曲，如果畫成矩陣，歌劇與饒舌剛好落在光譜的兩端。之前請饒舌歌手代言的廣告公司，陸續改請以舞台為活躍領域的明星擔任廣告代言人，隨著他們高呼商品名稱及賣點的同時，在網路媒體上連載的漫畫被告知要結束了。

出了三本單行本，但或許是受到漫畫被原封不動地轉載到非法網站的影響，三本都不會再版過。

責編也在這個節骨眼換手，原本的責編在進公司第四年的時候跳槽到開發應用程式的公司。榮獲新人獎的時候搶在豐川和瀨古之前落下男兒淚的人，甚至不讓他們為自己辦歡送會。繼任的編輯以前在別家出版社主要負責長青樹級的漫畫雜誌，去年才轉換跑道到這家以網路為主要推廣管道的公司。

新來的責編年紀比豐川及瀨古大很多，「現在的年輕人啊」是他的口頭禪。現在的年輕人啊，一生下來，生活就充滿方便的工具，可以全部由自己控制。換句話說，對於無法自己控制的東西就會束手無策。不想受到威脅，所以不談戀愛，也不做愛。你們認為這些年輕人會看你們畫的那種「看我把你們的真心話挖出來」的漫畫嗎——新責編吐著煙圈，無情地對正是他口中「現在的年輕人」的豐川與瀨古說。

「瀨古畫得很好。他很有天分，也很有水準，就算要出成紙本也完全沒問題。所以負責編劇的人得再振作一點才行。老實說，你創作故事的時候太著重自己的經驗及想法。真實性或熱情是件好事，可是如果不多用點想像力，就無法在職業的世界走得長久。因為世人及漫畫很快就會超越你那微不足道的人生。」

新的責編從未叫過一次豐川的名字。

提出再多分鏡，他都不滿意。可是豐川無論如何都不想放棄鐫刻在自己心裡那把尺上，真實、熱情、迫切感、內心話、不虛偽這五個刻度。每次分鏡被駁回，每次得到建議和課題時，他都會回想掏出自己的心臟，在饒舌對決中勝出的那位歌手的身影，回想奈央子向自己告白時的表情，以嘔心瀝血的蠻橫勁將情緒釋放在稿紙上。就算距離新責編說的「世人」或「職業的世界」更遠一點也無所謂，甚至覺得離得更遠才是自己的風格。他始終相信唯有這麼做，才能像那天在舞台上緊握著麥克風的人，走在某些人眼中閃閃發光的直線上，繼續進步。

同一時間，瀨古繼續作畫。豐川每次向他道歉故事大綱遲遲沒辦法過關，他都頭也不抬，一如往常地輕聲細語回答：「不要緊，不要緊。」

豐川現在懂了，饒舌歌手並非只是單純地釋放情緒，同時也具備能配合任何節拍發聲的技術、即興押韻，讓歌詞更加打中人心的能力。先不管他釋放的訊息是什麼，他的力量是真的。

過了很久很久以後，豐川才意識到這一點。

第十個故事大綱被駁回，存款也見底，豐川決定退掉自己租的公寓，搬去與奈央子同居時，得知新責編正為瀨古介紹工作，希望他能為社群網站上掀起話題、即將出版成書的投稿繪製插圖。

「你在搞什麼鬼，」豐川指責瀨古，「我們不是約好要一起努力嗎?你怎麼可以背叛我。我還以為你最近在忙什麼，居然是在畫那種圖。是為了錢嗎?這個能賺多少?話說回來，你為這種媚俗的書畫插圖，心都不會痛嗎?我們不是一直說不可以對自己說謊嗎?你為這種謊話連篇的書畫插圖不覺得可恥嗎?」

「坂下先生他……」相較於扯著大嗓門、滔滔不絕地指責自己的豐川，瀨古壓低音量，慢條斯理地說，「一直出素描的功課給我。」

坂下先生。從瀨古口中聽到這個名字，豐川這才發現自己從沒認真想過自己的新責編叫什麼名字。

「從基本的姿勢到人類運動的姿勢、開車的姿勢、做菜的姿勢、騎腳踏車的姿勢、工作的姿勢……除此之外還有各式各樣的功課，像是一些如果會畫就能用在很多地方的畫面，或是老年人和嬰兒這種以前沒什麼機會描繪的題材。我也拚命完成這些課題，於是坂下先生把我寄給他看的插圖全部收集起來，跑了很多地方，向大家推薦我，說他手邊有個這麼會畫的傢伙。」

豐川什麼都不知道，只能跳針地說「什麼？」、「這是怎麼回事？」完全無法理解瀨古在說什麼。

「坂下先生一直告訴我，一定要把畫畫好。因為他能從原稿中感受到我熱愛畫圖的心情，只要努力練習，一定能畫得比現在好更多倍。只要趁現在努力練習，等到豐川成熟那天，一定能畫出叫好又叫座的作品。」

「成熟？」

「豐川，」瀨古打斷豐川的抗議，「我想畫得比任何人都好。」

——我會努力畫得更好。

「只要有地方願意讓我畫，不管那裡是哪裡，我都想畫。所以只要你又想出有趣的故事，到時候不管我的行程有多緊，我都會以你為優先。即使坂下先生又給我類似這次的工作，就算工作已經進行到一半，我也一定會畫。絕對不會因為坂下先生給我的工作而耽誤到與你合作的漫畫。比起沒有地方可以作畫的痛苦，因為要畫的東西變多而產生的辛苦根本微不足道。」

——我認為要畫得比誰都好，才能證明我是真正的畫手，絕無虛假。

第一次去看饒舌對決，在那家狹小的 Live House 聽到瀨古發的誓。

「豐川，你喜歡故事吧？」

當時我是怎麼回答的？該不會結果什麼也答不上來吧。

「我最近有個想法，誠實面對自己與頑固地拒絕別人的建議應該是兩回事。接受別人的意見，即使不是真心想做的工作也全力以赴，藉此守護著一方天地，等到完成那些並非真心想做的工作之後，就可以做自己真正喜歡的事了，這跟誠實面對自己其實是同一件事不是嗎？我也不是真的想將社群網站上那些只因為爆紅、只因為感人，也不知道是真是假的投稿畫成漫畫。可是只要想成是可以藉此練習大量自己想不到的場景，認真去做，就能提升繪畫的技術。而且作品一旦賣出去，有了進帳，就能爭取到更多時間畫自己真正喜歡的畫。」

瀨古停頓一拍，垂下雙眼。

「在我爭取時間的同時，說不定你的故事大綱就通過了，所以我才決定接下這份工作。」

瀨古喃喃自語。

「我從前陣子就這麼想了。」

瀨古看著豐川的雙眼說。

「豐川，你是不是愛上了下定決心要誠實活下去的自己，勝過於構思故事的自己啊？」

那天是他最後一次見到瀨古。

當時完全沒有辦法反駁、消化對方的話之後覺得沒臉見對方、回想起來那是他們第一次吵架，兩人都不知道該怎麼和好……一刀兩斷的理由要多少有多少，而最重要的原因莫過於在那個節骨眼發現奈央子懷孕了。

當奈央子告訴他生理期沒來，豐川認為自己終於找到正式的理由。離開漫畫的正式理由。不是為了逃離想不出故事的自己，而是為了家人，為了即將誕生的小生命，決定腳踏實地過日子——找到一個不用聽見任何人抱怨的防空洞，令他打從心底鬆了一口氣。

他雖然對奈央子說：「我想成為稱職的父親。」但無論是匆匆忙忙地登記結婚還是找工作，都是為了讓不得不離開漫畫的自己再無退路。他傳簡訊向瀨古和坂下報告奈央子懷孕、結婚，還有自己找到工作的事，他們都沒有回信。

奈央子始終一臉平靜地凝視明明別人什麼也沒說就放棄漫畫找工作的豐川。奈央子的父親在她的推薦下看過豐川的漫畫，結婚致辭時打趣地說：「聽奈央子說他們要結婚的時候，我還以為豐川會堅持婚後也要繼續畫漫畫，所以不免有些錯愕。不過他要是真的堅持繼續畫漫畫，我也會很傷腦筋就是了。」

那是二十五歲的秋天。

聽說拉保險很辛苦，但是比起請坂下看他畫的分鏡，一再被打回票的日子，根本算不了什麼。每天按照信箱裡收到的客戶名單，從頭到尾逐個打一遍電話，把簡單的資料寄給願意聽下去的人，改天再帶著詳細的資料登門拜訪。豐川其實不是很清楚那些名單是從哪裡弄來的，也不太明白工作說明書裡寫的「保險科技是指善用資訊和通訊技術等最新科技，以提高服務的效率及獲利，創造嶄新的保險服務」、「敝公司將這項技術發揮到極致，因此能以大數據為基礎，配合個人需求，提供高度客製化的服務」到底是什麼意思。或許是因為懂得愈多，只會愈明白這項服務是把公司的利益放在顧客的利益前面，所以刻意不去理解。

不過，豐川的公司是甫進軍保險業界的中小企業，請了很多人，員工的平均年齡也很輕，充滿活力。而且完全可以隱藏自己內心的聲音，在不需要開誠布公的狀態下與別人相處原來這麼輕鬆，令他大吃一驚。因此無論對方再怎麼不把他當一回事，豐川都不會受到任何打擊，業績節節高升。

每天去公司上班，替身體不好的奈央子做家事。奈央子害喜得很厲害，無法再像以前那樣站在店裡工作，便換成坐辦公室的業務，但身體狀況還是不太穩定。該做的事在眼前排成一排，一件一件解決後，一天就能結束的狀態，為豐川的精神帶來超乎想像的安全感。忙到沒時間思考「放棄漫畫真的好嗎？要是奈央子沒懷孕，他們是不是就不會結婚了？公司賣的保險系統其實幾乎與詐欺無異吧？」這樣的日子真是太健康了。

有一天，豐川跟平常一樣，正要去拜訪已約好的客戶，走在位於學校附近的住宅區，與不知是否為輕音社，背著吉他、穿著制服的學生擦肩而過。

豐川忽然想起兩個月一次的雙人秀。

最後一次去究竟是什麼時候來著？現在還有那個表演嗎？嘻哈熱潮結束了，歌劇熱潮過去了，他連現在流行什麼音樂都不知道，也不在乎。

話說回來，自己上次聽音樂、看漫畫、欣賞電影到底是什麼時候的事。

豐川的腳步只停下一秒，身體馬上又開始動起來。打開手機，對照地圖顯示的地點與自己現在所處的位置，比約好的時間遲到了兩分鐘。

5

丟掉空了的塑膠杯去上廁所。還以為演出者換班的中場休息時間，廁所會人滿為患，沒想到馬上就輪到他。觀眾本就不多，或許這也是理所當然的結果。

坐在馬桶上，上完大號。應該已經確實從體內排出一定分量的物體，卻陷入因為一直站著，乾涸的細胞逐漸被疲勞漲滿的感覺。

在沒有其他人的空間找到安身立命的地方後，感覺剛才還籠罩住全身的音樂瞬間離自己遠去，取而代之的是不想面對今天一整天發生的事，開始在無意識的情況下聚集成形。豐川站穩腳步，想用冷水洗臉。

站起來的那一刻，胸前的口袋又開始震動。

跟那時候一樣。豐川的內褲褪至腳邊，茫然自失地站在廁間裡。就連在下半身裸露的狀態下站著不動，那種不自然的開放感也跟當時一模一樣。

二十六歲的春天剛來臨，當時的豐川也坐在辦公室的廁所馬桶上。

主要是因為精神上的苦痛，同期及後輩都陸續轉換跑道，必須由他持續跟進的案子以及負責開發新客源的區域愈來愈多，每天都要加班。即使進入穩定期，奈央子的身體依舊不見好轉，雖然已經換成內勤工作，還是動不動就請假。因此豐川認為自己非工作不可。為了即將誕生的孩子，為了嫁給自己的奈央子，更重要的是為了讓逃離漫畫的自己能受到肯定。

瀨古與豐川分道揚鑣後，成了出色的插畫家，聲名大噪。再加上把社群網站引人落淚的投稿集結成冊的那本書在年輕世代賣得非常好，開始有同年紀的藝術家委託他創作，也有新銳的搞笑藝人請他替他們的個人表演繪製海報或傳單，在千奇百怪的地方都能看到瀨古的插畫。每次看到都覺得自己看不見的心靈死角彷彿被狠狠地捏了一把，所以豐川把瀨古的社群網站帳號調成靜音。然而每次在現實生活中看到電子報或廣告，總免不了看到瀨古的作品。豐川看得出來，瀨古的作畫技術愈來愈純熟。

——要是肯堅持下去。

掛斷把話說得很難聽的電話，肚子同時嘰哩咕嚕亂叫的時候。與想要辭職而來找他商量的後輩一起去居酒屋，請客付帳的時候。不小心搭到反方向的電車，傳簡訊向客戶報告自己會遲到的時候。洗澡前發現沒有浴巾可以替換的時候……這些不經意的時刻，腦海中總會響起小小聲的呢喃。要是繼續畫漫畫，要是當初沒有逃離無能為力的自己。說不定，說不定瀨古真的在漫畫以外的領域一面鑽研技術，一面等待自己回去。

燈光熄滅了。豐川挺起差點睡著的身體。辦公室的廁所燈是隨人的動作開關的感應式，會自動點亮或關閉。

最近幾乎都趕最後一班電車回家，回到家，身體不舒服的奈央子也鮮少給他好臉色看，所以身心都得不到休息。奈央子公司給的產假很短，每家分店都人手不足，也很難再延長產假。但又不能辭職，一旦辭職，不僅家裡收入銳減，孩子也不容易進托兒所，孩子進不了托兒所，奈央子就無法迅速重回職場。

豐川看了看手錶，確認時間。業務員至少手錶和鞋子要買好一點的——在這樣的指示下，打腫臉充胖子買的昂貴手錶告訴他，距離末班車還剩不到一個小時。不知道怎麼搞的，擺脫內褲束縛的陰莖居然在這個節骨眼開始勃起。愈是累得要死的時候，反而什麼也沒做就會勃起，到底是為什麼。話說回來，究竟從什麼時候開始，別說是性行為，就連自慰的行為都沒有了。豐川放任許多往事在腦海中跑著走馬燈，盯著緩緩豎起的龜頭尖端。當視線落在因為沒尿乾淨而微微閃爍溼潤光澤的前端，伴隨「喀嚓」的微弱聲響，廁所的燈又暗了。

——要是肯堅持下去。

直覺告訴豐川，他快要不行了。聽見這個聲音的間隔愈來愈短也很令他害怕。現在必須為即將出生的孩子努力。他是為了即將誕生的孩子才結婚，才搬到房間比較多的大樓。離公司比較遠就算了，房租還比較貴。奈央子今後無法再像以前那樣工作。別的競爭對手也開始推出運用大數據的保險服務，必須笑著臉推銷愈來愈像詐欺的方案，但這都是為了奈央子、為了孩子、為了家人。

其他什麼都不要想。

為了斬斷迴盪在腦子裡的聲音，豐川雙腳用力，站了起來。電燈再次亮起時，手機也開始震動。

是奈央子打來的。

話筒那頭傳來「我流產了」這句話時，豐川的生殖器還處於完全勃起的狀態，對著天花板。

那天並不是產檢的日子，但是因為小腹痛到不行，奈央子從公司早退，獨自前往醫院。結果依序得到小寶寶的心臟已經停止跳動、其實過了十四週肚子都還沒有隆起就很危險了、孕期到第十七週的流產要從子宮刮除，此舉伴隨著風險，會引起陣痛，與一般的生產過程無異，所以最好盡快住院的告知事項。

「我本來想等你回來再告訴你，可是你今天也很晚才會回來吧。」奈央子的語氣冰冷到彷彿洋娃娃的手。

流產。心臟停止跳動。住院。

孩子生不下來了。

「這樣啊。」

早知道當初就不用急著結婚，也不用忙著找工作。

發出聲音的應該只有「這樣啊」這三個字，但總覺得接下來的話語也同時在豐川和奈央子的腦海中迴盪。

兩人一時無語。

「第一句話居然是這個嗎？」

奈央子率先打破沉默。

「你只想到自己的後悔，根本不關心我。」

腦子裡響起當時奈央子的聲音。

「別這麼自私。」

垂頭喪氣的生殖器前面溼溼的，很不舒服。

「別把你放棄漫畫的原因、結婚的原因都怪到別人頭上，自欺欺人。也別把問題賴到孩子頭上，自己在那邊後悔。」

別把自己的人生寄託在會變動的東西上。

叩叩。有人在敲廁所的門。

豐川扣好長褲皮帶，走出廁所。戴著棒球帽的年輕人瞪了占著唯一一間廁所好半天的豐川一眼，與他擦身而過。

別把自己的人生寄託在會變動的東西上。可是，能一直把自己的人生寄託在不會變動的東西上的人，通常不會留意到自己奇蹟般的幸福。

豐川用冷水洗臉。混合著皮脂與水的液體自臉上滑落。從外套內側口袋掏出手帕，用力擦臉，感覺意識終於回到現實。

與掛斷奈央子的電話時一樣，豐川面向廁所鏡子，抬起頭來。不同的是倒映在鏡子裡，盛放著心的容器比當時老了十五年以上，以及那張存在感大到幾乎要遮住鏡子的海報。

下個月要在新宿開幕的新設施海報由瀨古負責設計。如今不管在東京都內的哪個角落，都能看到由瀨古的人生歷史孕育出來，如假包換的技術。

從貼著海報的牆壁另一邊傳來歡呼。年輕人加快腳步，走出廁所，也沒洗手，急匆匆地回到會場。

豐川凝視著海報。距離曾經消聲匿跡過一次，被視為江郎才盡的插畫家——瀨古俊介重新成為鎂光燈的焦點已經過了兩年。

瀨古一直在紙上畫線。從未把自己的人生寄託在別人或任何東西上，一個人抬頭挺胸地面對下定決心要畫得比誰都好這個不屈不撓的誓言，專心致志地在紙上畫出上億條迂迴曲折的複雜線條。

6

第一個孩子流產後，豐川與奈央子的關係出現了明確的變化。手術後，奈央子的生理期兩個多月都沒來，又開始看醫生。豐川說要陪她一起去，遭到狠狠拒絕：「你不用來。」從此以後，他們不再交談，不再一起吃飯，當然也不再上床。不知是幸還是不幸，原本為了即將誕生的孩子，兩人搬到雖說是郊外，但是有兩個房間的大樓，就算彼此不再交談，也能照常過日子。

這種狀態持續了很長一段時間，各式各樣的疑問在內心浮現又消失。想繼續過這種日子嗎？想離婚嗎？今後還想要孩子嗎？話說回來，他們之間還有愛情嗎？他想找個機會與奈央子討論今後的事，但每次都會在大腦深處聽見奈央子當時隔著話筒傳來的聲音。別把自己的問題賴到別人頭上。別把自己的問題賴到別人頭上。別把自己的問題賴到別人頭上。想問奈央子的問題，全都是些就連豐川自己也答不上來的問題。

歲月靜靜地流逝。無論是初次的體驗，還是對未來的野心都日漸蒸發的人生，換來不用咀嚼就能吞嚥的滑順暢快，感覺舒服得不可思議。

工作過了十幾年，保險科技的商品改革開始看到極限，原本被當成業界寵兒飽受吹捧的公司氣氛也產生明顯變化。剛進公司時看到接受各種財經媒體採訪的幹部們，除了跳槽到其他行業的人以外，其他人都已經不在公開場合露面了。日益嚴重的少子化和高齡化問題導致目前還在職場上奮鬥的人無法投資自己的未來，公司的業績逐漸惡化，原本就與詐欺無異的服務內容改得愈來愈離譜。不知不覺間，整體員工的平均年齡上升，前程似錦的年輕人也不想進這種公司上班，這樣的事實默默為世人所知。

只是，嘗過成功滋味的企業最糟糕的地方，就是草創初期的幹部會占著茅坑不拉屎。因此豐川的年資明明已經夠久了，卻還是在面對個人與法人的營業單位從事業務工作，無法再繼續往上爬。因為具有商業頭腦，能瞬間舉一反三的人不見得在經營上也同時具備長遠的眼光，願意培養員工的綜合實力，好處理日新月異的工作。

當年齡相仿的員工不斷轉換跑道，與豐川同時進公司，至今仍留在公司的人就只剩明石了。但明石不像豐川那樣只看到眼前與詐欺無異的方案，在停止思考的狀態下賣保險，而是從進公司的時候就勇於向經營團隊提出各式各樣的意見，具有強韌且積極進取的心理素質。和不管顧客反應再惡劣都不會感到受傷的自己比起來，明石面對萬事萬物都是拿著一顆真心去碰撞，雖然常令人為他捏冷汗，但那也是他這個人的魅力所在。豐川發現自己下意識與明石保持距離。因為明石在營業部的成績取得第一名，接受表揚時曾經說過：

「跑業務的時候，我最重視的是熱情吧。還有不欺騙客戶，要說實話。」

啊。豐川心想。真實。熱情。迫切感。內心話。不虛偽。明石說的話有自己不想再聞到的味道。

快四十歲的時候，他才跟明石縮短距離。忘了是什麼原因，兩人單獨在吸菸區，明石主動向他搭話：「對了，你明明結婚了，卻沒有戴戒指耶。」

豐川自然而然地望向明石左手的無名指，不久前還在他手指間閃爍的銀色光芒不見了。

「我去年離婚了，」明石趕在豐川詢問前說明，「因為生不出小孩。」

小孩。豐川吐出煙圈，不經大腦思考地問：「因為生不出小孩就離婚嗎？」

「嗯……」明石念念有詞，「得知兩人生不出小孩時，彼此都覺得其實還有很多不同的人生可以選擇。」

豐川只應了一句：「這樣啊。」然後慢條斯理地抽完一根菸。再過一個小時左右就沒有電車可以回家了。

收起香菸，正要走出吸菸區，背後傳來明石的聲音。

「提到這件事，大家都會要我多說一點，你倒是沒有繼續追問下去呢。」

眼前的男人笑著說：「大家都說含糊其辭太不像我了。」左手遞出一根菸，豐川盯著空無一物的無名指，接過那根菸。

「我不會問哦，」豐川借用明石的打火機點菸，「而且聽了大概也不會懂。」

豐川早已刻骨銘心地了解，就算問對方為什麼要分開、為什麼不分開，兩人之間的關係也只有那兩個當事人才知道，甚至就連當事人可能都不是那麼清楚。也了解正因為只能以唯有當事人雙方才能心領神會，其他人聽了只會要求進一步說明的詞彙來交代，才是最接近真實的說法。

「留意到我老婆不再戴婚戒以後，我也摘了下來。都已經超過十年了。」

即使流產已經是十多年前的事，他和奈央子依舊再也沒有肉體關係，也不問對方怎麼處理無法排解的性欲。不知何時，奈央子摘下婚戒，豐川也比照辦理。剛摘下婚戒的時候，皮膚還有一圈久未晒到太陽的痕跡，沒多久便與周圍的膚色同化，彷彿從來不曾有過兩截不同的顏色。

雖然身為人生伴侶的關係消逝了，但是到了坐三望四的年紀，開始照顧奈央子的父母後，反而重新產生與其說是夫婦，以同事來形容更為貼切的關係，共同經營名為家族的組織，還會討論可以利用哪些政府提供的服務、錢要怎麼來、今後要接來一起住還是送去安養院，據此做出決定。

他認為建立起並非單獨的個體，而是共同生活的夥伴關係也沒什麼不好。置身於今後不可能再擴大的家族版圖中，感覺他們唯一能做的事，就是把所有的事盡可能美好地串連起來。

在那之後又過了兩年，四十一歲的冬天。

某天晚上，明石約他吃飯。自從那次在吸菸區聊過，他和明石就經常去喝酒。多半都是明石抱怨對公司的不滿，豐川負責附和。通常都是去同桌的人要靠得很近，好讓明石的大嗓門不會顯得太顧人怨的店，但那天去的地方卻是氣氛沉靜，小聲說話也能聽得很清楚的餐廳。

明石冒出「自立門戶」這個詞。

「我負責的企業打算比以前更積極地召募移工，可是怎麼也找不到適合他們的保險，所以來找我商量。」

「自立門戶」這個擲地有聲的音律終於淡去後，他才開始聽見明石的說明。

「我們現在出去拜訪的個人名單都是日本人，提供給企業的方案也都是針對日本人的服務。但是日本的勞動力逐年減少，另一方面，移工接下來大概會愈來愈多，但是不確定他們什麼時候會回去本國，每個國家的文化也不一樣，所以至今還沒有任何企業推出完善的方案。」

要是繼續待在這家公司，由於董事們始終無法擺脫過去的光環，很可能會與他們腦中那些跟不上時代的經營方針同歸於盡。所以明石現在一邊拜訪客戶，一邊探聽自立門戶後能抓住多少客戶。一旦真的自立門戶，至少剛才提到的企業已經承諾會成為他的客戶。與其他僱用移工的企業接觸後的感覺也還不錯。當然也會提供服務給日本人，所以能有效地規避風險。一開始的薪水可能沒現在好，但是如果從長遠的角度來看，收入肯定會比待在現在的公司還要多。

「再說了，」明石接著說，拚命把彷彿隨時都要衝上雲霄的聲音壓抑在體內，「我們家現在提供的服務怎麼看都是詐欺。只想賺錢，完全沒有為顧客著想。我差不多快要到極限了，無法再笑著推銷那種東西。」

內心充滿希望工作時可以抬頭挺胸地說「這份保險對你的人生一定有幫助」的心情，不想再欺騙自己和客戶。如果要自立門戶，以體力上來說，四十出頭的現在無疑是最後的機會。

明石的語氣十分熱切，從他條理分明、井然有序的說明一路聽下來，不難聽出這是他過去在腦海中想了又想的結果。

豐川邊聽他說，想到一件事。啊，就是因為不想陷入這種心情，才一直避著明石。可惜已經碰上了。

「我以為這輩子不可能再展開『並非如此的人生』。」

看著口若懸河的明石，豐川突然產生一股好懷念的感覺。

「以為接下來只能開始收拾自己的人生與父母的人生。可是在現在這個歲數創業的挑戰，不正是我可以選擇『並非如此的人生』的機會嗎。我想設計出能真正幫助有困難之人的保險。不對，比起為了別人，我更想為自己設計出可以滿懷熱情去推銷的服務。我不想把所剩無幾的人生花在無法抬頭挺胸面對的工作上。」

真實。熱情。迫切感。內心話。不虛偽。熟悉的刻度又一寸一寸地爬上早已決定改弦易轍的那把尺。

「我想用接下來的時間彌補以前說過的謊。豐川，你願意助我一臂之力嗎？」

自己肯定會答應這個人吧。那一刻，豐川完全放棄抵抗。因為自己其實也想這麼做。離開瀨古、背叛漫畫、逃避奈央子，如果還能用剩下的時間誠實地面對什麼，就只有工作而已。

「我也想拿回可以拿回來的東西。」

能真正幫助有困難之人的保險。可以滿懷熱情去推銷的服務。

「拿回過去自欺欺人的時間。」

有了共識，接下來就好說了。明石會繼續私底下打點好他目前負責的企業，豐川則利用這段時間研究移工與保險的現狀。明石先辭職，成立新公司。過一段時間，豐川再去明石成立的公司與他會合。除了豐川以外，明石好像也看上幾個員工，打算輪流說服他們。最好先組織好會計及法務的團隊再進入下一個階段，所以得花時間慎重行動——兩人討論該做什麼的時候，就像那段與瀨古對著筆記本，列出想畫的漫畫有什麼特點的時光。

四十二歲的春天。

完成漫長的前置作業，今天上班前，明石提出了辭呈。

然後就在中午休息時間的前一刻，豐川被掌管營業與人事的董事叫去。

7

時隔多年再見到那位饒舌歌手，下巴多了點肉，臉型看起來變得圓潤許多。儘管這是天經地義的事，仍讓豐川澈底明白除了自己以外，歲月在每個人身上都是平等地流逝。

「這場已經變成慣例的雙人秀，轉眼間也辦了二十年以上，謝謝大家。」

可是當他開口，聲音還是跟以前一樣。從他的聲音中感受到的不是確實流逝的時光，而是之於靠音樂維生的人，相當於生命的嗓子長期受到保護的歷史。

「那麼，請各位盡情地享受音樂。」

這句話有如某個暗號，站在他身後的DJ開始播放音樂。那是二十年前饒舌熱潮大行其道時，在電視上、廣播裡、音樂節的舞台上、Live House 裡都能聽到的節拍。豐川頓時想讓自己的身體隨音樂搖擺，就在背部從靠著全身體重的牆上移開的那一瞬間。

左胸微微震動，有人來電。

饒舌歌手將麥克風湊到嘴邊，以無論什麼拍子都難不倒他的節奏感念出歌詞。節奏恰巧與手機震動產生共鳴。

今天上班前，明石遞出辭呈，同時傳簡訊到豐川的私人手機向他報告。固然沒有要退縮的意思，可是在看到簡訊時，豐川終於覺得這麼一來再也沒有退路。在那之後與明石在檯面下進行的自立門戶與創業計畫的準備十分順利，除了明石和豐川以外，還有幾個人也加入這個計畫。若說還有什麼令人擔心的問題，就只剩下新事業能否順利上軌道這點。

因此在中午休息時間的前一刻，豐川被掌管營業與人事的董事叫去時，感覺整顆大腦都凍結了。而且董事還當著明石的面，只叫豐川一個人過去。當時兩人正準備出去吃飯，只有豐川一個人的名字被點到。

左胸好不容易恢復平靜，馬上又開始震動，感覺明石快要失去耐心了。明石大概不是為了溝通才打電話給他，而是除此之外已經沒有別的辦法，可是又不能什麼都不做，想讓自己有點事做，所以才一直打電話給他。萬一豐川真的接起來，傷腦筋的反而會是明石也說不定。

握著麥克風的男人站在舞台上，在二十年來每到緊要關頭都半途而廢，放棄所有自己好不容易建立起來的歷史的人面前，掏心掏肺地展現從自己建立起來的歷史中得到貨真價實的技術。

隨兩位董事走進會議室，他們開口第一句話就是「本公司決定從今年秋天開始正式提供針對移工的保險商品」。熟悉的桌子看起來就像是無邊無際延伸的沙漠。他已經記不太得在那之後聽到什麼，只知道董事們對他和明石檯面下進行的事瞭若指掌。不僅如此，明石自立門戶後，原本要跟他一起走的客戶好像都被公司留住了。始終無言以對的豐川耳邊傳來這麼一句話：

「為了拓展秋天的業務，營業部將成立一個新的單位，專門負責處理提供給移工的服務，打算任命你為新單位的課長。」

「咦？」

喊出這一聲，豐川才意識到自己的腦袋垂得有多低。抬起頭來，兩位董事正看著他，身上穿著由妻子燙得極為平整、沒有一絲皺褶的襯衫，以及利用與詐欺無異、從客戶手中騙來的錢買的高級西裝。

「本來想任命明石為課長、你做副課長，遺憾的是明石今天早上提出了辭呈。公司也已經受理他的辭呈，所以無法仰賴他。這麼一來，就只剩貌似很熟悉這個領域的你適任了。」

怎麼辦。

「本公司的幹部從很久以前就開始規劃要提供給移工的保險服務。比起現在才開始創業，留在已占有業界一席之地的公司裡絕對比較有保障。還以為你們是聰明人。

不過就是因為不夠聰明，才會做出挖牆角這種背叛公司的行為吧。」
怎麼辦。怎麼辦。
「如果你是真心想提供為別人著想的服務，繼續留在公司裡才是明智之舉。前提是你並不是因為想在人生的折返點做些什麼才想要自立門戶。」
怎麼辦。怎麼辦。怎麼辦。
「明天同一時間也預約了這間會議室，到時候請告訴我們你的決定。」
走出會議室，明石的身影映入眼簾。董事們離開會議室時，看也不看明石和豐川一眼。明石看著豐川。
明石一直很認真地面對自己。
就像那個時候的瀨古一樣。就像那個時候的奈央子一樣。
左胸的震動與饒舌歌相互呼應。二十二年前也發生過相同的現象。初次見識到饒舌對決的那天，豐川聽著饒舌歌，左胸撲通撲通地震動不停。
變的永遠是人類。只能靠著欺騙自己活下去的永遠是人類。
嘻哈音樂永遠是以表演者自己的人生為燃料，演奏出真實無偽的音樂。無論是饒舌對決，還是現場演奏的曲子，全都呈現出只存在於真心話的熱情。
大家都說。

不要對自己說謊。

大家都異口同聲地說，就算失敗、就算痛苦、就算哭泣、就算受挫、就算絕望，都不要對自己說謊，都不要背叛自己。

嘻哈音樂因為電視節目蔚為流行的時候、為了消除對性少數族群的偏見發起各種運動的時候、提倡撲滅職場騷擾運動的時候……在各種方興未艾的熱潮中，企圖傳達的訊息瞬息萬變，令人眼花撩亂。但是無論時代如何遞嬗，無論走到哪裡，都逃不開不要對自己說謊、不要以真實的自己為恥的訊息。

手機安靜了半晌，又開始震動。就像是想斷得一乾二淨，但還是得繼續下去的人生。

到底是從什麼時候開始，認為真實或虛假根本不重要呢。

真實。熱情。迫切感。內心話。不虛偽。這輩子躲過幾次陰溝裡翻船，不再讓那些東西掌握人生的方向呢。

——重點在於我們之間沒有謊言吧。

瀨古的聲音夾雜在饒舌歌手的歌聲裡傳來。

——別把你放棄漫畫的原因、結婚的原因都怪到別人頭上，自欺欺人。

奈央子的聲音。

——我不想把所剩無幾的人生花在無法抬頭挺胸面對的工作上。

明石的聲音。

剛才聽到的樂團現場演奏。此時此刻正從舞台上傳來，饒舌歌手的聲音。

所有人都圍上來，到底想怎樣。

我到底該怎麼辦才好。貫徹始終就好了嗎。不管發生什麼事，只要誠實面對自己，頭也不回地往前走，就能開創與現在截然不同的未來嗎。

手機安靜了半晌，又開始震動。就像再怎麼希望停止還是會繼續跳動的脈搏。

觀眾高聲歡呼。

抬起頭來，舞台上不知何時出現了許多人。定睛一看，原來是之前表演過的搖滾樂團正在為饒舌歌手伴奏。饒舌歌手說：「兩個月一次的雙人秀，今年是第二十二年，有好多個二，所以今天想一起玩點平常不會做的事。」然後從其他四個拿著各自樂器的陣容中往前跨出一步。

由兩組音樂人帶來的共同表演。

夠了，饒了我吧。

看到這些人走在各自的路上，一步步朝著名為音樂的大山，朝著唯一一座山頂邁進的身影，豐川幾乎要大聲求饒。

這些人絕對不會扭曲自己的歷史。在豐川頻頻改變方向的這二十年來，他們始終與自己相信的音樂同在。

即使潮流變來變去，即使音樂節的出場順序起起落落，即使演場會的票房浮浮沉沉，即使世人認為有價值的事物或創造金錢與名譽的標準一變再變，這些人心中那把尺的刻度也從沒變過，始終以堅持到底的尺筆直地描繪自己的人生路。

倘若世界瞬息萬變的軌跡是一條曲線，心中那把尺從沒變過的人則擁有直線的歷史。他們有牢不可破的世界觀，在他們的世界觀，時代的圖騰不會潮起潮落，不會莫衷一是，反而是曲線的世界要去遷就直線的歷史。

只有能建立起那種歷史的人，才會光芒萬丈。

豐川心想。總有一天，這些人一定能再次在更大的場地開演唱會。就像即使被譏笑已經過氣、江郎才盡，仍能靠真正的實力重新在業界嶄露頭角的瀨古。就算到了那一刻，他們也不會有任何改變吧。四人樂團還是會快快樂樂地演奏，饒舌歌手還是會開開心心地唱歌，瀨古還是會畫他喜歡的畫。不會扭曲自己歷史的人，無論置身於什麼樣的時代都能堂堂正正地做人。

手機安靜了半晌，又開始震動。就像再怎麼按下停止鍵還是會繼續在腦海中播放那首最愛的歌。

自己到底要看到什麼，才能堂堂正正地做人呢。

夢想、工作、家人。與瀨古共度的過去、原本打算與明石共度的未來、奈央子明明在身邊卻有如單身的現在。自己到底要面向哪個方向佇立，才能堂堂正正地面對活著這件事呢。一再背叛自己建立起來的歷史，結果什麼技術也沒學到的這顆心與這具軀體，到底還能再活幾十年呢。

曲調變了，節奏變了，眼前觀眾們的動作也變了。

自己明天一定會選擇留在公司。

假如原本要一起走的客戶都已經被現在的公司攏絡好，顯然已經沒有勝算。照顧完奈央子的父母之後，再來要開始照顧自己的父母。即使沒有會繼續成長的生命，只要想繼續維持名為家族的組織，就需要錢。

所有人開始在加快節奏的曲風中歡樂地手舞足蹈。無論是舞台上的人，還是舞台下的人，都在跳。五顏六色的燈光從髒兮兮的皮鞋表面滑落。

手機的震動停止了。

明知會陷入這樣的心情，自己為什麼還要來這裡。

等了又等，左胸也不再震動了。

肯定是因為想看到始終對自己那把尺深信不疑的人發光發熱的模樣。

豐川把掌心貼在不再震動的口袋上。

因為明天就要背叛明石，至少想在今天親眼見證，確實有個世界能讓選擇誠實面對自己的人閃閃發光地活下去。想用明天就要改變標準的雙眼確認，確實有個世界能讓始終堅持做自己、默默耕耘的人幸福地活下去。

豐川終於從胸前口袋拿出手機。沒電了，不管按哪個鍵都沒有反應。然而，身體依然動彈不得。

直接去找明石談吧。

豐川離開會場，爬上樓梯，走出 Live House，眼前的景色與進去前一模一樣。為了盡可能保留剛才看到的音樂殘像，豐川眼睛眨也不眨地往前走。他很清楚自己這樣的人不管說什麼都沒有任何說服力。一旦真的見到明石，或許只會拚命地賠不是。話說回來，自己一直不接對方的電話，現在連要去哪裡找他都不知道。可是……

豐川往前走。按著絕對不會沒電的左胸往前走。

明知道不可能，卻下意識地幻想自己現在穿的是球鞋，季節是初夏，眼前是瀨古亂七八糟的鳥窩頭。想也知道不可能。雖然不可能，也只能走在倒映於欲哭無淚的乾涸雙眼中的這條路上。除了繼續編織不管往哪個方向前進都無法堂堂正正活下去的歷史，他的人生別無選擇。

前往七分二十四秒

谷澤依里子遞出剪刀的同時也想起木之下佳惠。

「咦？啊，謝謝。」

隔壁桌的永野明日美一臉疑惑地接過剪刀。大概是覺得很神奇，她怎麼知道自己正在找剪刀吧。

「備用的工具中沒有左撇子專用的剪刀。」

依里子喃喃自語，搓了搓手，好搓掉剪刀殘留在指尖的冰涼。明日美坐下，她直到幾秒鐘之前都還在翻五斗櫃，五斗櫃裡裝載著任何人都能使用的工具。原子筆和夾子簡直像是滿水位的河流塞滿深色的櫃子，唯獨沒有依里子她們需要的東西。

「謝謝妳。」

明日美說。細緻的手指拿起剪刀，開始俐落地剪開信封，動作很大，不禁讓人擔心她會不會連裡面的信都給剪碎了，但是仔細觀察，她正沿著信封上方的邊緣，精準地一刀剪開。雖然一起工作還不到幾天，從她把文件摺得十分工整、漿糊也都塗得很乾淨不會跑出來，已經可以看出她是個聰明伶俐的女孩子。報到那天給她的交接資料，她大概當天晚上就看完了，所以從第二天開始，不管教她什麼，她都能大致理解那項業務在整個作業流程中相當於哪個部分，非常可靠。

上午的工作始於把收到的大量信件送到各單位。其中也有收件人只寫公司名稱的信件，所以要當場拆封，從內容判斷是寄給哪個單位的誰。每次做這件事的時候，大腦才總算意識到一天開始了。自己沒辦法像連續劇裡的上班族那樣，一早就踩著高跟鞋去拜訪好幾個客戶。

所以才會變成這樣吧。

依里子開始誇張地動起停頓的雙手。既然想也沒用，那就不要再想——已經對自己發過無數次的誓不經意地湧上心頭，彷彿要把全身包覆隱藏起來似地籠罩著自己。

四年前，依里子開始在這家公司工作。當時有三位派遣員工，另外兩位都比依里子年長，個性很溫柔。雖然前一家公司的業務內容比較輕鬆，不過光是沒有刻薄的前輩，這家公司的感覺就舒服多了。

兩年前，公司解僱其中一位前輩，原本由三個人負責的工作掉到剩下的兩人——木之下佳惠與依里子頭上。起初非常辛苦，習慣之後勉強能搞定。半年前，公司決定不與佳惠續約。還以為後來會再補人，結果並沒有。依里子拚命消化兩人分的工作時，身為正式員工的男性主管要她準備好交接清單。依里子心想這下總算可以多一個派遣人員來分攤工作了。

依里子轉了轉肩膀。處理完不知道寄給誰的信，進入下一項作業，把要寄給調去相關企業的人的信轉寄給他們。調職到別家分公司的人的信都會先寄來總公司，再由他們轉寄。

為了即將代替佳惠成為新工作夥伴的人，依里子仔細地寫下交接清單。最好能像以前與佳惠共事那樣，彼此合作，偶爾也互吐一下苦水，完成每項業務。結果，做夢也沒想到自己在公司還沒補人的這半年來，一個人當兩個人用的努力，竟讓公司認為只要一個人就能搞定這些業務。做夢也沒想到當公司決定要補人的那一刻，自己就得捲鋪蓋走人。

上週來報到的永野明日美比佳惠小二十六歲、比依里子小十八歲。私立大學畢業後，找工作不順利，今年二十四歲。

「呿！」

明日美突然啐了一聲。問她怎麼了，她起初還支支吾吾「啊，沒什麼」，後來才放棄掙扎地招認：

「又有個白痴 YouTuber 上新聞了。」

或許她也覺得邊工作邊用電腦看網路新聞不太好意思，但今天是最後一次和依里子一起工作，所以也就不掩飾了。「我買化妝品的時候經常會參考 YouTuber 的意見。很討厭因為少部分白痴的行為，導致所有的 YouTuber 都被當成人渣。」明日美邊動手邊喋喋不休。

「引起爭議的 YouTuber 基本上都是一群男生，他們會去家庭式餐廳點菜單上所有的菜，或是逼猜拳猜輸的人吃他不敢吃的東西吃到吐，淨幹一些毫無意義的蠢事，因為這麼做才能引起爭議，真是無可救藥。」

依里子看著坐在隔壁的女生側臉，腦海中浮現爭取到刷掉她的企業聘書的男學生模樣。

「我看的主要是美妝類，就是上傳化妝品或者是化妝教學影片的人，美妝類 YouTuber 通常只要一個女生就能勝任，分享的影片基本上也都很有幫助，教的都是我們女人日常生活中需要的技能，例如做菜或化妝。」

我們女人，這個字眼讓依里子有些受寵若驚。這還是頭一回有年紀差這麼多的人把自己納入她口中的「我們」。

「男性 YouTuber 之所以淨做一些無謂的事，還不是因為他們光是生為男人就能在這個世界混下去了。」

耳邊傳來喀嚓一聲，是剪東西的聲音。「明明社會已經變得這麼性別平等了，男性 YouTuber 居然還敢搞公開徵求女朋友的甄選，而且審查標準真的很低級。」明日美說到這裡，放下剪刀，點擊滑鼠，打開另一則新聞。

每次點擊，新聞內容和熱門關鍵字都不一樣。

女性如何以女性的身分活下去。非正式員工如何在這個時代工作。不結婚的人生、不生小孩的人生。平均薪資創新低、社會福利制度崩潰、老人看護問題、十年後就會消失的職業、活得健康長壽的飲食習慣、貧富差距問題……各式各樣的話題爭分奪秒地輪流出現在新聞網站的首頁，日復一日。為了不錯過任何一個話題，為了掌握所有能讓自己活下去的重要事項，明日美緊抓住那些話題不放。

「那個，送給妳了。」

聽見依里子這麼說，明日美不解地抬起頭來。

依里子盯著明日美握在細緻掌心裡的剪刀，想起木之下佳惠。

▧

「沒有賣吧。」

回頭望向聲音傳來的方向，佳惠就站在她面前。

「便利商店才不會賣左撇子專用的剪刀呢。」

佳惠笑得下巴的肉花枝亂顫。「所以剛才借妳的那把就送給妳了，我家還有。」

那個時候，依里子派遣到這家公司才第二天，身為初來乍到的新人，連去個便利商店都要小心翼翼。

「連這種地方都要排擠派遣的員工，真是小家子氣。」

佳惠手裡握著保特瓶，嘴裡說得輕鬆。只有正式員工才能用公司的飲水機。

佳惠說她無論去到哪裡，大家都叫她「媽媽」。

軟如貓毛的頭髮紮成一束，身上總是蓋著看起來暖呼呼的毯子。個子比依里子矮得多，可能連一百五十公分都不到。總是把「好像變胖了，必須戒掉零食」掛在嘴邊，卻也每天引頸期盼著十二點的中午休息時間。妝化得很簡單，衣服也主要是黑白兩色。手機的待機畫面是愛貓的照片。佳惠比依里子大八歲，也就是說，她比依里子多在這個世界獨自闖盪了八年。在這個派遣員工不知何時就得回家吃自己的世界；在這個正式員工用來吃便當、喝咖啡的休息室不給他們用的世界；在這個別人判斷你的標準除了外表及體型以外，就是觀察你左手無名指有沒有戒指的世界，笑著多活了八年。

「午休結束後總是覺得很想睡呢。」

走在一旁的佳惠昨天請依里子吃午餐。走向和公司有段距離的簡餐店路上，佳惠笑著說：「第一天上班，至少讓我請妳吃個飯。」「離公司太近的地方人多嘴雜，稍微走遠一點吧。」剛踏進店內，就以響遍狹小空間的音量接著說：「我剛進公司的時候，井出小姐也請我吃過飯。」「我愈來愈無福消受油膩的食物了。」從她的態度看來，依里子還以為從隔天起都會像這樣共進午餐，沒想到自己完全猜錯了。午休鐘聲一響，佳惠就抓起手機走出辦公室。平常明明很溫吞，唯有這一刻動作看起來特別敏捷。

依里子望向突然變得安靜的右邊，發現原本並肩快步同行的佳惠不見了。

「木之下小姐？」

回頭看，只見佳惠手裡提著裝有礦泉水的托特包，停在原地。

「咦，啊，抱歉抱歉！」

佳惠隔著車道，望向對面正在施工的店。同一時間，工人正把店名一個字、一個字地釘在牆壁上，拉麵滿。

依里子看著佳惠圓滾滾的身體朝自己走來，心想多久沒吃拉麵了。同時想起昨天佳惠別說是油膩的食物，就連竹筴魚定食都吃不完的模樣。

「好像是鄉下的連鎖店。」

依里子看到寫著「進軍東京」的招牌對佳惠說。佳惠並沒有回答，注意力還放在那家店上。頭上綁著毛巾的年輕男子搬來最後一個字。拉麵滿腹。佳惠始終盯著眼前的畫面。

上駕訓班的時候，曾經因為與教練不對盤，路考被判不及格。當時走在路上，依里子會把迎面而來的人類全都自動分成兩組。那個人開車，所以有駕照；那個人穿制服，肯定還沒有駕照。依里子以前從未用這種標準區分人類，因此對自己內心的變化感到非常錯愕。

「谷澤小姐……」

轉頭望向聲音的來處，是明日美。

「中午要不要一起吃飯？」

明日美問她，臉上掛著從明天開始就要孤身一人的表情。

依里子停下腳步，再一次用力握緊口袋裡的行動電話。

好想看。已經過了十二點，所以新的影片應該已經上傳了。

「……也好，最後就一起吃個飯吧。」

依里子從聲帶裡擠出來的應允令明日美如釋重負地露出笑容。「謝謝妳。」明日美走到依里子身邊。

從四層樓大樓傾巢而出的人各自鎖定自己想吃的東西做鳥獸散。幾歲？是男是女？長得好不好看？——年輕時會像這樣把人類分成好幾個族群，如同把人分成有沒有駕照的時期，只要下次路考及格，就能告一段落。

派遣員工、約聘員工、正式員工、工讀生——那個人是以什麼型態被僱用呢？而她又是從幾年前開始以這種標準為人分門別類呢？

「好香啊。」

明日美舉起手掌，在眼前搧了搧。

「男人好好哦，中午也能輕鬆地吃拉麵。」

拉麵滿腹堂每天都有大批男性顧客在店門口大排長龍。這一帶鮮少拉麵店，所以開幕至今始終門庭若市。

「要是女生一個人在這種地方排隊，肯定會被指指點點。像是沒有女人味啦、交不到男朋友啦。真是的，這個世界對女人太不友善了。」

依里子握緊口袋裡的手機回答：「就是說啊。」心想好想快點見到他們。

▧

佳惠最後上班那天，同單位也有個女性正式員工為了要去生小孩而離職。

同事們為女性正式員工舉行歡送會。那個人愛吃豆皮，所以找到一家離公司很近，生豆皮涮涮鍋很好吃的餐廳，很久以前就訂了位。為了能準時下班，那天大家從上午就比平常更認真工作。

依里子那天久違地喝了酒，久違地吃了別人做的晚飯。每送上一道新的菜，服務生就會為自己換上乾淨的盤子，令她充滿可以盡情使用小碟子，不用操心吃飽飯還得洗碗盤的快感，還能與平常沒什麼機會交談的人說上話。她也想嘗嘗生豆皮涮涮鍋，但是鍋子擺放的地方離她太遠，可望而不可及。

依里子與佳惠面對面地坐在長桌角落。牛肉壽司和生薑煮鮪魚鰓邊肉都集中在桌子正中央，她和佳惠之間就只有大家吃剩下的炸雞和薯條。

佳惠喝著兌熱水的番薯燒酒。依里子那天才知道佳惠的酒量很好。

「都是一些油炸的東西。」

我是指我們面前的食物——依里子說。佳惠頂著微微泛紅的臉喊她的名字：「谷澤小姐。」

然後以一如往常的溫和語氣說：

「妳要加油哦。」

就像突然颳起一陣強風，依里子頓時有點想哭，但還是忍住了，向她道謝，謝謝她長久以來的照顧，硬生生地把從明天開始就剩自己一人的不安吞回去。

歡送會開到尾聲，坐在生豆皮涮涮鍋正對面的女性員工收下鮮花與嬰兒鞋，好像是其他女性員工挑選的禮物，最後還收到大家一起寫的卡片。依里子和佳惠都是這時才第一次看到那張五顏六色的卡片。

離職員工的老公在同一家公司的另一個單位工作。兩人在公司內邂逅、同居、生了兩個小孩，一起賺錢養家，可是卻只有女方辭職。

結帳離開，已經快十一點了。依里子發現佳惠不著痕跡地從正要往續攤場地移動的集團中悄然離去的背影。

她要去哪裡。

反應過來，依里子已經跟在佳惠身後。想問她「要不要找個地方單獨喝一杯」，又想到佳惠離開時連自己都沒說一聲，只好作罷。同時單純地捨不得聚餐花掉的四千圓。

佳惠獨自走在前方幾公尺，鼓脹的大腿與小腿肚緊緊地繃住她平常穿的卡其褲。依里子不禁猜想，這個背影從明天起將何去何從。得知公司沒跟佳惠續約後，她不曾問過佳惠下一步有什麼打算，不敢問。

佳惠走向與車站相反的方向。絕大多數經過佳惠身邊、經過依里子身邊的人，明天也會繼續抱怨一成不變的生活，踩著相同的腳步，走向相同的方向。一面把閉著眼睛也能過下去的每一天視為理所當然，一面抱怨這樣的生活少了點什麼。

佳惠一個人走進拉麵店。

拉麵滿腹堂。依里子的目光依序掃過貼在店面外牆的字，感覺很不可思議。她是有聽說喝完酒會想吃拉麵，可是佳惠明明說她已經吃不了太油膩的東西，剛才也沒碰炸雞和薯條。既然如此，為何會在這種三更半夜——依里子還在店門外百思不解時，佳惠已經把餐券遞給年輕店員，在面向馬路的吧檯座位區坐下。

佳惠絲毫沒有注意到隔著一扇玻璃窗站在外面的依里子。垂下不施脂粉的雙眼，兩耳掛著白色的耳機線，用放在手邊的手機不曉得在看什麼影片。

佳惠、食物、手機。依里子過去也曾經看過好幾次這三種要素湊齊的畫面。除了報到當天請她吃飯，她們不曾再一起吃過午飯。偶爾正要踏進一家店的時候，佳惠已經先到了。佳惠總是一到十二點就準時衝出公司，獨自前往離公司有段距離的餐廳，戴上耳機、盯著手機螢幕用餐。每次看到那樣的佳惠，依里子不會出聲叫她，而是選擇離開那家店。因為佳惠的表情實在很幸福，依里子不好意思打擾。

隔著玻璃窗，店員送上大碗公。

佳惠取出免洗筷，靜止不動。還以為怎麼了，只見她猝不及防地把筷子插進碗公。

從蒸氣的量不難猜想碗公裡的熱度非比尋常，但佳惠就像已經有好幾天沒吃飯了，狼吞虎嚥地把各式各樣的食材送入口中。

依里子站在店門外，盯著她的樣子看了好一會兒。明天大概也會經過這條路的人紛紛從依里子背後走過。不知怎地，依里子突然想起佳惠給她的左撇子專用剪刀。佳惠正用她的左手握著免洗筷，把一整顆蛋塞進嘴裡。

她正在看什麼影片呢。

午餐時無意撞見的佳惠不知是否在看待機畫面上那隻愛貓的影片，看起來總是幸福洋溢的樣子。一旦不能再使用公司給的電子信箱，就再也聯絡不上佳惠了。如果想知道她總是幸福洋溢地在看什麼影片，就只剩下眼前的機會。

拉麵或許沒那麼燙了，不再冒出蒸氣，可以清楚看見佳惠的表情。

啊。冰冷的唾液在脣瓣間拉出一條線，依里子這才發現自己竟在不知不覺間張開嘴巴。

她在哭。

依里子走進店裡，對設置在入口處的餐券販賣機視若無睹，一步一步地靠近背對整家店的佳惠。開始變少的頭髮、澈底隱藏個性與體型的服裝。依里子透過具有散光度數的眼鏡，看清楚放在圓潤背影對面的手機螢幕，裡頭播放的並不是貓咪影片。再往前靠近一步。往拉麵還剩一半以上卻不再吃的那個人靠近一步，只一步。

▧

「谷澤小姐。」

收拾好一切，正要離開公司的時候，明日美叫住她。

「這是一點心意，」明日美遞給依里子一個小袋子，「雖然時間不長，還是謝謝妳的照顧。」

拿出來一看，是行動電源。

「其實我最近都跟妳搭同一班電車來公司。」

意料之外的告白令依里子頓時有些不知所措。

「谷澤小姐總是在看影片。」

但願她沒有看見手機的畫面。依里子意識到自己握著行動電源的左手用了點力。

「一路都在看影片的話，手機很快就沒電了吧？這個電量很大哦。」

依里子向明日美道謝。明日美午休前還一臉擔心自己從明天起就要孤軍奮戰的樣子，下午順利搞定所有業務之後，如今已恢復開朗的表情。

妳要加油哦。

佳惠的鼓勵在腦海中響起。

依里子上班的最後一天沒有碰上其他正式員工的歡送會，令她鬆了一口氣，卻也帶給她等量的絕望。

在車站前的網咖打發時間到十一點，心想應該已經沒有其他人了吧，依里子東張西望地走出網咖。

雖然已經是三月底，依舊寒氣逼人。依里子夾雜在大概是工作到這個時間的正式員工走向車站的人流中，前往拉麵滿腹堂。

在紅燈前停下腳步，從口袋裡拿出手機，還有百分之百的電量。

她其實想跟他們一樣，在半夜兩點或三點的時間來看看。依里子想著這件事，在紅燈變成綠燈的同時邁步前行。可惜這家店只開到十二點，所以沒辦法。佳惠當時的心情肯定跟自己現在的心情一樣。

豚骨濃郁的味道撲鼻而來。

推開店門，掏出錢包，站在當時視而不見經過的餐劵販賣機前。在這之前又四下張望一番。沒問題，沒有半個熟人。放進千圓鈔票，依里子毫不猶豫地按下「全部配料」的按鍵。

年輕店員接過餐券時愣了一下，依里子並未放在心上。

坐在佳惠當時坐的座位，手機橫放，靠著玻璃窗擺好。還有百分之九十九的電量。網咖的包廂提供了充電器，所以不需要用到明日美給她的行動電源。

通過指紋辨識，螢幕亮起。最後一天上班、深夜的拉麵店、耳朵裡的耳機、眼前的行動電話。

佳惠當時看的是一群男 YouTuber 的影片。

不只那次，還有佳惠單獨吃午飯的時候，都在看一群因時常引起爭議而聞名的男 YouTuber 的影片。

依里子嚥下一口加了冰塊的水，牙齒好痛，彷彿直接把冰水注入牙齦內部。

當時隔著佳惠的背看到的畫面中，一群年輕男人一手拿著碼表，正在吃大碗拉麵。依里子的視線同時捕捉到佳惠笑到抖動的背和手機裡的畫面，屏氣凝神地站在原地不動。

我們是每天中午準時亮相的豐橋戰隊，請訂閱我們的頻道！——影片最後，畫面浮出這樣的文字時，佳惠按掉手機螢幕。在那一瞬間，依里子連忙離開那家店。豐橋戰隊。豐橋戰隊。念念有詞地回到一片漆黑的公寓，還來不及換衣服，就先搜尋那個名字。

然後沉溺在汪洋般的大量影片裡。

豐橋戰隊是由五個二十五歲左右的男人組成的 YouTuber 團體。訂閱人數逼近三百萬人，影片的總觀看次數超過十億次。染了一頭紅髮的成員好像是隊長，加上另外四個人，散發出一股不管在教室吵鬧得再大聲，都不會有人同他們計較的氣氛。他們就像國中和高中的同學，就連彼此的過去或家庭狀況都知道得一清二楚，感情非常好的樣子。

依里子先找到佳惠看的影片。果然沒錯，他們在深夜的拉麵店點了全部配料都放上去的拉麵，比賽誰吃得最快。五個人一邊喊著「深夜吃這個實在太瘋狂了！」、「真的好痛苦！」但還是全部吃完了。吃最慢的人要在深夜的電車上脫光光表演一個搞笑橋段。

他們每天都在豐橋遊蕩，像是去家庭式餐廳點了菜單上所有的菜結果吃不完、或是逼猜拳猜輸的人吃他不敢吃的東西吃到吐、嘗試用手工捆綁的竹筏在嚴寒的季節泛舟結果失敗了、穿上抽籤決定的奇裝異服在路上走，看誰能撐到最後沒被警察盤問……全都是一些人生在世沒必要做的蠢事，他們卻全力以赴。看他們拍的影片，依里子不會有任何感動，也學不到任何東西，只覺得浪費時間，眼睛也很累，感覺腦漿都融化了，滴滴答答地化成一灘爛泥。

可是，這也沒什麼不好。

不知何時，依里子開始期待每天中午上傳的影片。針對注意力散漫的年輕人拍攝短短七、八分鐘的影片。沒有任何幫助的影片。她卻覺得可以看到那些影片的中午休息時間，彷彿是最後一根救命稻草，得以將自己的生命一次延長二十四小時。

「讓您久等了。」

碗公伴隨「哐！」地一聲送上桌，聲響儼然放上一塊磚頭。蛋、叉燒、豆芽菜、高麗菜、菠菜、玉米粒、海苔、蔥花堆成一座小山。裊裊上升的熱氣看起來就像極光般璀璨生輝。

依里子打開 YouTube，播放那支比賽誰吃得快的影片。熟悉的片頭音效讓腦漿融化成一灘爛泥。

這支影片時長七分二十三秒。這段時間可以什麼都不想。

豐橋戰隊經常在深夜去附近的拉麵連鎖店，嘴裡嘟嘟囔囔地發牢騷「我就是吃這種東西才變胖」，卻還是與鎮日拍攝這種沒營養影片的同伴們高興地一起吃得碗底朝天。

那家連鎖店就是拉麵滿腹堂，而這裡就是他們終於進軍東京的第一家分店。

指尖輕觸螢幕，影片從第一秒開始播放。

「第一屆滿腹堂全部配料都放上去的拉麵快吃比賽，開始！」

依里子配合鑽入耳膜的吆喝聲掰開免洗筷。

撈起一大把麵條，大口吃下。好燙。好重口味。但也不能這樣就打退堂鼓，因為這可是快吃比賽。右手把冰水拉得靠近自己一點。來不及細嚼慢嚥就吞下去，持續把麵和配料塞進嘴裡。

明天以後該何去何從。公司單方面解約，下一個派遣工作還沒有著落。

「哇哦，哲郎好快！」

「隆太嗆到了，好噁心！」

傍晚漏接老家打來的電話，但她不想打回去。大概是要說妹妹生第二個小孩的事。

「干擾哲郎，干擾他！」

「喂，別踢我，太奸詐了！」

這種時間吃拉麵，又要變胖了，對身體也不好。已經幾年沒做健康檢查了。

可是又有什麼關係。依里子一口咬下叉燒。

女性如何以女性的身分活下去。非正式員工如何在這個時代工作。不結婚的人生、不生小孩的人生。平均薪資創新低、社會福利制度崩潰、老人看護問題、十年後就會消失的職業、活得健康長壽的飲食習慣、貧富差距問題……活得好累活得好累活得好累。每天無論看著什麼方向，都會有一些訊息映入眼簾。為了活下去的重要事項、必要的知識、許許多多最好從現在就開始準備的事。每次接觸到那些東西，都會讓人萌生不想再活下去的念頭。

「三分鐘了！」

「我絕對不要當最後一名！」

活著根本毫無意義。唯有沉溺在沒有任何用處的資訊，才能稍微喘一口氣。

依里子喝口水，硬生生把剛咬碎的食物灌入細細的喉嚨。

糟了，影片只剩三分十二秒。三分十二秒後，又是喘不過氣的每一天。

「照這樣看來，最後一名應該是隆太吧？」

「真稀奇，隆太很難得受罰耶！」

明明很餓，卻一下子就吃飽了。依里子把筷子架在碗公上，打個飽嗝，已經開始感到脹氣了。

「我第一名！太好吃了！」

「我第二！雖然已經講過好幾遍了，但滿腹堂真的很好吃。」

男人們傳入兩隻耳朵的嬉鬧聲在依里子的鼻尖混在一起。

真好啊。

有辦法在三更半夜吃完這碗拉麵，還能說好吃的生命體，要是能以這樣的身分在社會闖盪，這個世界該有多麼快樂啊。

「最、最、最、最後一名果然是隆太！」

要是每天都不用看見狹小畫面中那些幾乎每秒更新，令人活得好累的要素，像這樣與朋友結伴衝進深夜的拉麵店，這個世界該有多麼快樂啊。

「武彥快點快點，讓隆太接受處罰！」

鼻水搶先淚水一秒流出。伸手要拿面紙，放菜單的地方卻連一張紙巾都不剩。

起風了

1

ＯＫ屋聽說沒那麼好賺。

由布子輕輕地把熨好的襯衫放在電熱毯上，想起桑原說的話。桑原的辦公桌在她對面，似乎很喜歡蒐集洗衣業界競爭對手ＯＫ屋的不利資訊，會不厭其煩地定期向她報告競爭對手業績不好的八卦。由布子一面附和，心裡總覺得那麼做也無法提升Let's Cleaning的業績，當然也無法讓他們的薪水變多。在洗衣工廠內的事務所兼差的工作內容包含了處理帳款，以及製作在工廠打工的員工班表、管理器材的定期維修作業，內容並不困難，但同時也比較沒有成就感。每次看到歌頌在職場上發光發熱的廣告，由布子都很好奇東京真的有這種人生嗎。

其中最麻煩的莫過於桑原這個人在人際關係上製造出來的糾紛。雖然在過去四十五年的人生已然經歷過無數次，不管在哪裡工作，最後都避免不了這個煩惱。

「意外地花時間呢。」

聲音從頭上傳來，抬頭看，里奈正輕盈地跳過放在電熱毯上的襯衫。「小心點，千萬不要踩到了。」由布子不耐煩地把無接縫的米白色內衣放在襯衫旁邊，再把抱枕放上去。為了比自己還怕冷的丈夫義久，由布子冬天早上都會這樣事先幫他把襯衫和內衣弄熱。

貴之早上要去足球社晨練、義久要花一小時以上才能到公司、里奈選擇高中的理由只因為離家近、由布子九點半一定要進辦公室，所以平常都是按貴之、義久、里奈、由布子的順序出門，但今天不一樣。今天是高中二年級的里奈期待已久的畢業旅行，所以要比平常更早到學校。由布子把貴之花不到三分鐘就嗑光的早餐碗盤拿到水槽，對里奈說：

「妳要帶的東西都檢查過了嗎？」

「昨天就檢查過了，沒問題！」

畢業旅行的目的地跟往年一樣，還是京都，但由於春秋兩季是觀光季節，再加上外國觀光客大量增加，基於當地觀光協會之類的要求，今年開始把畢業旅行的季節錯開到冬天。都怪學校對「如果冬天來，週末也有空房，費用很便宜」的呼籲信以為真，害由布子在里奈的補休日也必須準備午餐而不是便當，真麻煩。「我好喜歡現在的班級，今年就能去真是太幸運了！」里奈本人很高興固然是件好事，卻也因此一直吵著要買搭配便服的新外套，還有穿去男生房間玩也不丟臉的可愛睡衣等，花了不少錢。購買新的手套及圍巾時，由布子算準毛毛躁躁的里奈遲早會弄丟。

由布子稍微用水沖洗一下貴之用過的餐具，心想就算一所學生人數沒多少的鄉下學校錯開畢業旅行的季節，也不可能對京都那種觀光勝地的擁擠程度有任何影響。

「里奈，」由布子將稍微沖過的餐具放進洗碗機，「出發前最好再檢查一次行李吧，備用的隱形眼鏡帶了嗎？平常戴的眼鏡呢？」

「沒問題，沒問題。」

由布子舀湯、裝飯。

「話別說得太滿，我剛才就在沙發那邊看到妳掉的行程表了。」

「咦，真的嗎！」

由布子把自己和里奈的早餐從廚房端到餐桌上。里奈不止音調和情緒比平常高漲，髮型和妝容也明顯比平常精緻了許多，足以證明她真的很興奮，令人不覺莞爾。只不過是可以不穿制服，跟同學出去玩三天兩夜，居然還為此買了一套新衣服。

這孩子長得愈來愈像義久了——由布子坐在里奈對面吃自己的早餐，目不轉睛地觀察她的五官。上了高中，尤其是升上二年級以後，或許是換了班級，一起行動的成員變了，里奈原本就很感興趣的化妝術進步神速。不過因為深邃的雙眼皮、大鼻子，還有包含眉毛在內，整體而言毛髮相當濃密……這些遺傳自義久的特徵，老實說，里奈屬於化妝前後看不出太大差別的長相。但或許是剛學會化妝，還很樂在其中，今天眼周的妝也化得太過頭了。由布子心裡雖然這麼想，可是沒有說出口。

「啊，手錶呢？」

把同時用來帶便當的培根炒菠菜送入口中時，由布子突然想到最有可能被遺忘的東西。

「已經放進皮包裡了嗎？妳平常沒有戴錶的習慣吧。」

「哦，可能還在房裡。吃完再去拿。」

「妳這種說法就是一定會忘記的意思。吃飽飯一定要馬上戴起來哦。」

「知道了啦。」見里奈虛應故事地回答，由布子又提醒她一件事：

「這次絕對不能帶手機哦。」

聽見由布子的叮嚀，里奈露出被踩到痛腳的表情，又喃喃自語地應了一聲：「知道了啦。」全身散發出「妳好囉嗦」的態度，但肯定也想起父親當時比想像中可怕許多的怒氣了。由布子看著正值拚命減肥的年紀，還剩下半碗飯的女兒，決定不再繼續落井下石。

提到畢業旅行，最先想到的就是發生在里奈國中三年級春天的事。當時身為準考生的里奈，十分沉迷於因為要去補習才買給她帶在身上的智慧型手機，不管去到哪裡都要拍照，不管有什麼事都要上傳。畢業旅行當然不准學生帶手機，但里奈完全無法抵擋拍照的欲望，偷偷把裝在粉紅色手機套裡的手機放進皮包，不料晚點名的時候，大家開起攝影大會的事被老師發現，隔週被罰在生活指導室寫悔過書。

這件事讓義久氣得跳腳。

「或許妳以為只有自己帶手機有什麼了不起，但是只要有一個人破壞規定，可能就會引起無法挽救的大麻煩。」

「妳可知帶著好幾百個學生旅行的老師有多辛苦。」

「妳一定也聽過『風一吹，桶店就生意興隆』這句話吧，反過來也是一樣，所謂的蝴蝶效應，是指只要有一個人違反規定，就足以破壞一切。」

當時義久剛被他工作的汽車製造商派去門市當店長。自從進這行就一直在總公司上班，突然每天都要面對以前從未直接接觸過的消費者，還得管理始終站在第一線、經驗豐富的業務員，簡直是疲於奔命。但是負責綜合職務的員工如果想出人頭地，勢必得具備銷售現場的工作經驗，義久為了回應公司的期待，雖然很難適應，仍拚命努力工作。可是在做事方法與過去截然不同的環境，光要處理好自己的事就忙得不可開交，別說沒有餘力照顧每個部下，似乎還曾經受到非常激烈的反彈，甚至有人看扁經驗不足的義久不會發現，而破壞店裡的規矩、對客人強迫推銷。

大概是在輕率地破壞「不准帶手機」規定的女兒身上看到同樣的狀況，義久明顯控制不了自己的情緒。看到父親比級任導師還暴跳如雷的模樣，里奈嚇壞了。由布子冷靜地想，這孩子雖然長得像義久，但說不定是會輕易破壞規定的人。自己也算是遵守校規的人，所以這部分到底是遺傳到誰了。

義久兩年後離開銷售現場，目前待在負責檢查巴士或卡車等大型車零件的部門。聽起來是很不起眼的工作，但是要扛起重要商品線的品質管理，聽說也是往後要在那家公司平步青雲的必經之路。聽完義久的說明，由布子心想既然如此，真希望薪水也能多一點。

那大概是三個月前的事。

「啊，別忘了這個。」

里奈從二樓的房間拿了手錶回來，由布子習慣性地遞給她裝了便當盒的托特包。

「咦？便當？」

里奈露出惡作劇的笑容。由布子這時才意識到自己犯的錯誤。

「剛才一直叫我要檢查，結果媽媽也迷糊了嘛。我今天根本不用帶便當啊！」

該不會是開始老人痴呆了吧——看到里奈哈哈大笑，由布子無力反駁。依照慣例，在準備貴之社團活動前要吃的便當（中學會提供營養午餐，但是下午的社團活動前如果不吃點什麼，身體會撐不住）和自己午休要在公司吃的便當同時，也一併準備了里奈的便當。就算里奈不用帶便當，還是要準備兩個便當，但不小心認真做完不做也沒有任何人會抱怨的家事時，總覺得好像蒙受了巨大的損失，失落感非比尋常。

「只有我在京都吃便當也太好笑了。」里奈笑了好久，久到由布子都要發火了，終於檢查完行李，頭也不回地離開家門。望向餐桌，包括剩下半碗飯的碗，用過的餐具全都放進水槽裡。這點果然跟貴之不同，由布子心想。貴之吃飽飯後，吃得一乾二淨的碗盤永遠原封不動地留在桌上，感到不可思議的同時，也覺得這樣很可愛。

微微感受到風的流動。

客廳的門開了。

「咦，里奈已經出門啦。」

回頭看，還穿著睡衣的義久正走進客廳。「今天是畢業旅行第一天，星期天晚上才會回來，終於可以清靜一下了。」由布子說，又走進廚房裡。才七點，家裡就只剩下由布子和義久兩個人。

單獨兩個人。

多久不曾單獨相處了？由布子突然想起這件事，可是又想到週休二日的傍晚，孩子都不在的時候，家裡通常也只有她和義久兩個人。明明不是什麼特別的狀況，不知道為什麼，突然開始有點緊張。或許是因為一早就單獨相處，讓她想起新婚時，他們還沒有孩子的時候，早上經常在晨光灑落的房間做愛。

義久在餐桌上攤開報紙，他的側臉比過去一大早就不安分地朝由布子身體進攻那時老了許多。

由布子開火加熱味噌湯，想到一件事。

對了，得跟他討論貴之考高中的事。

想到這件事的同時，胸口隱隱作痛。

女兒里奈深邃的輪廓很像義久，兒子貴之則遺傳到由布子的五官俊朗。穿上弓道部的褲裙一定很好看，但他本人卻從小就對足球情有獨鍾。升上國二的冬天，也就是現在，級任導師在上個月的面談中透露，就連外縣市的足球強校都來問他要不要去。

一旁的貴之好像早就知道這件事了，表情十分平靜，只有由布子「咦？」地小聲驚呼。由布子凝視兒子端坐在自己旁邊的肉體，喉結已然高高隆起，纖細的下巴開始冒出鬍碴，脖子和肩膀的線條也日益粗壯，心裡嘀咕著貴之在家裡怎麼一個字也沒提過。那種感覺很像與義久交往之前，從其他男性友人口中得知義久對自己有好感的心情。喂，為什麼不先告訴我？我在你心裡的地位就這麼不重要嗎？

那所高中還邀請貴之，如果真有意願就讀，升上國三以前要不要去參加一次春假的練習。事實上，倘若真的決定要去念那所高中，三年級夏天退出社團後，也得繼續去那所高中練習，可能還要住校。因為是私立高中，不管是學費，還是分發的班級、未來出路都需要更進一步的說明。

「總之我先給您那所高中的資料，請爸爸媽媽仔細地研究看看。升學是一年後的問題，不用急於一時，不過如果能早一點決定，從平常的飲食就可以多加留意。就算還沒決定，要是想參加春假的練習，也得先跟對方說一聲。」級任導師把紙本資料交給他們的時候，由布子始終盯著貴之的側臉。

外縣市的高中。住校。她還以為自己分享了這張側臉過去看到的一切，今後也想繼續這樣做，但是大概已經由不得她了──

「爸爸。」

由布子對著義久的側臉呼喚。貴之和里奈都不在的時候，還叫義久「爸爸」的感覺非常不可思議。

「關於貴之的高中。」

把義久的早餐放在托盤裡端到餐桌上，由布子開口說。義久跟剛才一樣，視線還停留在報紙上。

上半部軟軟垂下的報紙，看起來就像掛在球場加油區的長布條。

面談後，由布子去看了貴之上場的比賽。要是事先告訴貴之，他一定會拒絕老媽去看，所以由布子上網用比賽名稱及日期、校名搜尋，偷偷掌握了會場與開始比賽的時間。

那天風很大。

由布子心想早知道就穿厚一點的外套來了，按住被風吹亂的頭髮，看著身手矯健地在球場上奔跑的年輕身影。

那次是貴之升上國中後，由布子第一次認真看他踢足球的樣子。自己的兒子不斷使出超乎想像的凌厲攻勢令她大吃一驚。利用裁判看不到的死角抓住對手的球衣，貴之的身影充滿家裡看不到的暴戾之氣，與自己印象中的兒子判若兩人。這種心情就像貴之開始在半夜玩電腦的時候，明知他在看些什麼，還是偷偷檢查他上了哪些網站。由布子看著密密麻麻列在電腦螢幕中，儼然外星文的遣詞用字，意識到兒子的大腦與心靈今後將逐漸被這些不願再與自己分享的東西占滿。

曾有一天晚上，電視轉播日本足球代表隊的比賽，看到日本選手吃了黃牌，由布子問了一句：「沒想到足球是這麼野蠻的運動，很多行為都在犯規邊緣呢。」貴之坐在沙發上，蹺著腿毛還沒長齊的二郎腿，看也不看由布子一眼地喃喃自語：「足球這種運動，若想完全遵守規則是贏不了的。」

無論是偷帶手機去畢業旅行的里奈，還是為了贏球不惜抓住對手球衣的貴之，這種地方到底是遺傳到誰呢。貴之長得像由布子，但由布子不愛運動，義久則是非常守規矩的人。

「上次給你的資料你看了嗎？關於貴之的高中。」

義久的臉總算從報紙裡抬起來。

「咦，啊，抱歉。」

義久從坐下的那一刻，眼前的報紙就沒有翻過面。

「抱歉，我還沒看。不過，如果貴之有自己想做的事，我想讓他去做。」

義久說完，拿起筷子，說了句「我開動了」，把重新熱過的味噌湯送到嘴邊，歙歙地喝下一口。

想讓對方做他想做的事，這已經是上個世紀的想法了。

由布子在心中嘀咕，回到廚房。兩個孩子的餐具都已經放進洗碗機，沒別的事可做，但是對於現在的由布子而言，與義久單獨待在飯廳裡實在太尷尬。一想到以前即使是這個時間、這種地方都會對彼此產生欲望，如今就連要關掉這段記憶都覺得難為情。話說回來，如果有想做的事就讓他去做，這不是廢話嗎。明明解決不了任何問題，卻還表現出一副理解的態度最要不得了。

偷偷去看比賽那天，由布子發現，雖然她是門外漢，也看得出來貴之的能力只是普普通通的程度，就讀足球強校或許能在水準更高的環境下練習足球，但也意味著要放棄比現在更用功讀書、考上更好的大學這條路。想讓他做自己想做的事，可是貴之明明沒有靠足球活下去的實力，還付昂貴的學費讓他去外縣市的高中住校真的好嗎，會不會反而限制了貴之將來的可能性？

呼……由布子吐出一口氣。光是半徑五公尺以內就有太多要費神的事了。

還有里奈的未來。這孩子似乎無意念大學，說她想去上美容師的專科學校，但那多半只是為了附和身邊的朋友，並不是她真正想做的事。空間大到可以停兩輛車的房屋的貸款；貴之萬一去上私立高中，學費該如何和無法再增加的家庭收入取得平衡；桑原會定期辭退工廠新來的打工人員；如果貴之春假要參加高中的練習，該怎麼接送他上下學。自己和義久都是獨生子女的事實也逐漸突顯出父母老後的問題。自己的祖父母皆已過世，父親六年前腦中風臥病在床，目前由母親獨力照顧，這種狀態不可能一直持續下去。義久的父母都快七十歲了，還要照顧義久皆已九十多歲的祖父母，老老照護的狀態已經行之有年。

半徑五公尺以內有太多需要考慮的事了。

「我吃飽了。」

義久把餐具連同托盤放進水槽，消失在洗手間裡。

桌上的報紙直到最後都沒有翻面。說是說「吃飽了」，但飯菜連一半都沒有吃完。

把稍微沖一下水的餐具放進洗碗機，按下開關。義久刮好鬍子，回到客廳，穿上放在電熱毯上溫好的內衣和襯衫，又回洗手間梳頭。

對於由布子幫他溫好內衣和襯衫的體貼，義久直到去年都沒說過一句謝謝。

「今天大概幾點回來？」由布子問。

義久回答：「我也不知道，我猜大概會弄到很晚。」

里奈和貴之今明兩天都不在，但她和義久肯定也不會上床。

「確定之後打電話給我。」

多準備的便當躺在托特包裡，還放在餐桌上。

做了自己的分，貴之的分也已經給他了，里奈不用帶便當。所以多了一個。

「嗯，我出門了。」

由布子一面感受到托特包從身後傳來的存在感，送義久出門。上次直接觸摸他那稍微瘦了點的背是什麼時候來著。

有段時間沒去剪頭髮，長長的髮尾正輕輕搖曳著。

今天的風會很大嗎。

快八點了。

自己也得出門了。

2

桑原坐在對面的辦公桌前，開口第一句就是「我聽說啊……」，意味著要開始聊八卦了。

「上次提過的ＯＫ屋啊，聽說他們靠著名為『奇蹟式潔淨法』的服務賺了很多黑心錢。」

「奇蹟式潔淨法？」

由布子抽出陌生的詞反問，一面計算每個月花在維修上的費用。

「就是號稱能同時進行水洗和乾洗的服務。利用這種服務來收取追加費用，其實只是加強版的乾洗。」

「咦——這不是詐欺嗎。」

由布子說，同時也很佩服桑原到底是從哪裡打聽到這些內幕。

「看在同業眼中，確實是詐欺沒錯。因為如果真的要同時進行水洗和乾洗的服務，勢必得重新購買設備才行。被逼到要搞這一齣，可見這個行業也快不行了。畢竟自己在家就能燙衣服。」

真是不景氣啊——桑原喃喃自語的聲音裡沒有一絲悲愴的感覺。大概從很久以前就已經不指望公司的業績或薪水能成長，所以才去蒐集那些可以正當化自己行為的理由。由布子也是一模一樣的心情。每次擔憂整個洗衣業界的衰退或根本上的蕭條，都會再次肯定自己對這份工作不要投入太多努力是明智的決定。

工廠內事務所的主要陣容有三個人，由兼差的由布子、約聘員工桑原和大家口中的廠長——總公司派來的男性員工所組成。隔著一堵牆壁的工廠裡堆積著從縣內店鋪送來的衣服，以及分頭進行清洗、烘乾、除皺、整燙作業的流水線。最需要人手的莫過於無論如何都只能靠人力完成的整燙作業。

「可是啊。」

桑原瞥了一眼，確定廠長不在辦公室裡。廠長今天上午要去總公司開會。

「聽說從下一個季度開始，我們也要做同樣的事了。」

起風了。

由布子望向門口，沒有人開門。

「真的嗎？」

由布子用右手攏了攏感覺被風揚起的劉海，窺探桑原的表情。她的嘴角果然噙著一抹幸災樂禍的笑容。

「我也不是很清楚，但廠長是這麼說的。」

由布子驚訝的反應愈明顯，桑原的態度愈平靜。真是好懂的人，當談話對象被自己揭露的消息嚇了一跳，一看就知道她想表現出那件事對她來說根本不痛不癢的態度。

「好像是叫西裝清潔法來著。妳沒聽說嗎？再過不久就要推出用清洗西裝的特殊溶劑來洗衣服的服務了。」

「嗯，我沒聽說耶。」

也沒興趣。話已經滾到唇邊，由布子趕緊閉上嘴巴。

「雖說即將開始推出這種服務，但溶劑其實還是跟現在用的一樣。雖然打出『使用西裝產地——義大利專用的特殊溶劑！』之類的宣傳口號，但都是騙人的。那傢伙還笑著說『工廠要做的事跟以前一樣，不用增加工作量真是太走運了』。」

桑原巧妙地避開由布子按數字鍵的指尖製造出來的聲響，接著說：

「可是啊，要我說的話，這種做法比ＯＫ屋的奇蹟式潔淨法更不容易被顧客發現，要說聰明還真的很聰明。雖然說本來就不用期待會有什麼外行人也能看出來的差別。」

「這樣啊。」

由布子隨口回應，暫停會計作業，打開網路瀏覽器，連上雅虎新聞。

「廠長雖然說公司把創造利益的品質管理交給他把關，證明他走在平步青雲的路上，其實才不是那麼一回事。實際上是要他幫公司做這些見不得人的事。」

說的也是。

「公司騙他說這是出人頭地的必經之路，其實是為了讓他把上頭說的謊言落實下去，簡直跟公司的傀儡沒兩樣。」

說的也是。說的也是。

陪桑原聊天的時候，再怎麼單純的作業，都極有可能因為分心而出錯，所以由布子寧可乾脆地放下工作。可以的話，她根本不想搭理桑原，可是如果不陪她聊天，桑原會不高興，她一不高興就很喜歡拿在工廠打工的人出氣。桑原經常要新來的打工人員辭職，還會說：「就連這種地方都待不下去，這輩子註定完蛋。」這種地方。桑原似乎一點也不在意用這種字眼來形容自己安身立命的地方。

「可是我聽到這件事的時候，想的卻是現在還把宣傳重點放在西裝上是不是腦袋進水了。」

「這樣啊。」由布子瀏覽著視窗裡洋洋灑灑的話題。

「真要說的話，現在是擺脫西裝的時代不是嗎？工作方式不斷改變，可以穿便服上班，也可以在家裡工作，所以宣傳西裝清潔法的想法本身就太古老了。」

「說的也是。」

又提到東京的事了。由布子心想。

桑原比由布子小六歲，單身住家裡，閒著沒事幹的時間想必比由布子多得多。由布子頂多只有在大量購買米或衛生紙等難以搬運的東西時，還有偷偷調查貴之比賽的場地，順便偷看他上了哪些網站時，才會用家裡的電腦上網。由布子用來做家事的時間，住家裡的桑原肯定幾乎都在上網。桑原確實很健談沒錯，但或許因為都是網路上的訊息，所以話題本身及穿插在對話中的例子幾乎都發生在東京，與其說是第一手消息，不如說都是些極端的例子。在這個地區，根本沒有人會穿便服上班，或是用視訊電話開會。

琳琅滿目的話題遍布在電腦螢幕裡。不用受限服裝、時間或地點的工作方式、電車開始測試自動駕駛、與女明星交往的企業家上傳至社群網站的文章，全都是東京的話題。全都是遙遠星球的話題。

無意中發現清潔的文字。

「永田太太，妳在聽嗎？」

「啊，抱歉。」

由布子下意識地抬起頭來。那一瞬間，感覺桑原的髮絲好像被風吹動了。

「妳完全沒有在聽我說話嘛。」

「啊，不是啦……」

由布子囁嚅地說下去。

「我剛才稍微瞄了一眼雅虎新聞，看到清潔這個單字，不小心被吸引過去了。啊！」由布子連忙把話題扯到桑原說過的話，「妳剛才不是提到ＯＫ屋偷雞摸狗的事嗎，所以我想說會不會已經上了新聞。」

「咦？」

桑原的雙眼發亮，鼻孔撐大，嘴角上揚。「怎麼可能。」說是這麼說，但是看也知道她很希望事情鬧上新聞。

由布子發現的標題是「房屋仲介爆炸，原因是清潔用的噴霧嗎」。桑原大概早就知道這個新聞了，頓時讓她表情粗俗的五官全部恢復原來的樣子。

「什麼嘛，這不是上個月的房屋仲介爆炸案嗎。」

根本不是ＯＫ屋嘛。桑原喃喃自語。這樣啊。由布子敷衍地附和。

上個月底，東北某個房屋仲介公司突然爆炸。因為情況匪夷所思，再加上爆炸案的衝擊性，一舉變成全國性的新聞。起初報導指出爆炸的原因會不會是因為隔壁的料理教室，後來才發現是因為仲介公司的職員先在店內噴了上百管除臭噴霧，又點燃熱水器的緣故。

「後來不是吵得一發不可收拾嗎，猜測當時職員打算一口氣處理掉的噴霧器，會不會是居家清潔用的那種。不過火勢確實也一發不可收拾就是了。」

由布子還來不及細看內文，桑原就自顧自地為她解說起來。

「這樣啊。」

「就是這樣。搬家的時候不是要付一兩萬塊的居家清潔費嗎？為了一次處理掉用來居家清潔的除臭噴霧，才會發生爆炸案。說穿了，大家生氣的點其實是在房仲只用噴霧隨便咻咻噴兩下，好意思稱為居家清潔嗎。」

「這樣啊。」由布子已經放棄看報導了，將畫面捲到下面的留言欄。

「低頭賠不是的社長大概也沒想到，只為了賺一兩萬塊而下的決定，會造成這麼大的損失吧。」

由布子點選「看所有留言」的選項。手指只動了幾毫米，讀者的意見便泉湧而出。

「雖說不是應了『風一吹，桶店就生意興隆』那句話，但壞事也是一種連鎖反應。」

多如繁星的留言可以大致區分為兩種內容，一種是對自己過去付的居家清潔費被敲了竹槓的批判，充分表露出留言者的憤怒。

「永田太太以前也付過居家清潔費吧？」

除了老家以外沒住過其他地方的桑原直勾勾地盯著由布子看。

「搬家時不是要付好幾萬塊的居家清潔費嗎？」

她可沒聽過這種都市傳說。

「是不是被騙了？」

那是發生在遙遠星球的事。

「不會很火大嗎？」

是與我無關的事。

「就是說啊。」

由布子稍微換了一下音色。

「不過還好沒有人死掉。」

這倒是。桑原雖如此回答，表情卻很無趣的樣子。

「辦公室都炸飛了，居然沒有人死掉，也沒有延燒，真是奇蹟。」

桑原說，視線移到事務所牆上的時鐘。

「要是颳起一陣強風，火勢一發不可收拾就糟了。」

風。

由布子感覺自己的劉海彷彿又被輕飄飄地吹起。

萬一起風了。

萬一風再大一點。

「我出去一下。」

回過神來，桑原已經站起來，走出事務所。不知何時已是中午休息時間。從幾年前開始，不知是為了樽節開支還是節約用電還是應付勞動方式改革，下班時間一到，就得關掉工廠內所有電源，因此必須額外利用中午休息時間確認各單位的作業進行到哪裡。

今天由桑原負責進行確認作業。不用負責此事的人則要留在事務所，接中午休息時間打來的電話。

由布子從皮包裡拿出早上做的便當。不知怎地，她的意識飄到多做一個要給里奈的便當上，而不是眼前的便當。

「我說，」桑原的聲音從工廠傳來，「野野宮的動作會不會太慢了？完全沒有達成上午的進度耶。」

野野宮。聽到這個名字，由布子輕聲嘆息。

「不好意思，我還沒習慣，所以比較花時間。」

野野宮是上週新來的工讀生，分配到整燙小組，是個二十多歲的女性。面試時視線游移，聲音比蚊子還小，但是因為工廠長期處於人手不足的狀態，廠長沒想太多就錄取她了。

「根本不用細心到像個傻瓜一樣。」

桑原的音量比剛才提高好幾個分貝。

「比起提升每項作業的完成度，先想辦法在一定時間完成更多的數量再說。工廠可不會為妳延長運作時間。」

「可、可是……」

桑原不客氣地打斷正想解釋的野野宮。

「妳是不是想說就算多花點時間，也想燙好每一件衣服？問題是現在根本不需要這麼做。而且妳也不是為了客人，而是為了妳自己吧？妳只是希望自己成為認真工作的人吧？這種心態真要不得。既然不可能每件事都做得完美無缺，不如全部隨便應付算了。妳現在這種做法只會讓每件衣服的整燙結果參差不齊，懂了嗎？這才是最糟糕的結果。不要那麼完美才是最理想的做法，而且誰也不會發現。總之先考慮如期交貨的問題。比起整燙得完美無缺可是遲交的衣服，客人更希望就算只有八十分也能照約定的時間拿回衣服。妳明白我的意思嗎？妳有在聽嗎？」

桑原大概又雙眼發亮，鼻孔撐大，嘴角上揚了。由布子想像著她的表情，拿出平常去超市買東西時都會多要一雙的免洗筷。儘管買了洗碗機，仍極力避免增加要洗的碗筷，這個想法根深蒂固地長在細胞裡。

拜託妳管好桑原小姐。廠長曾經這麼囑咐過由布子。因為現在除了我以外，就只有永田太太的資歷比桑原小姐深了。廠長說得倒輕巧。他說的沒錯，由布子的年紀比桑原大，在這家事務所也待得比桑原久，但由布子是傍晚就可以下班的兼職人員，桑原則是朝九晚五的約聘員工，或許桑原從未當由布子是前輩，甚至沒想過由布子比她年長也說不定。

「要找到下一個打工的人很不容易，所以動不動就逼新人辭職實在很傷腦筋，」廠長接著說，「再這樣下去，只好辭掉桑原小姐，所有業務會落到永田太太一個人頭上哦。可是僱用形態並不會改變，時薪也不會增加。所以說，拜託妳了。」

掀開便當蓋，加了白高湯和砂糖做成甜甜的煎蛋捲、奶油炒菠菜培根、鑫鑫腸、兩個冷凍食品的炸燒賣、三顆小番茄、灑上海苔蛋香鬆的白飯。

沒交給義久的便當。

要思考的事堆積如山。

「妳那是什麼表情。如果聽不進去，我也無所謂。但是妳害工廠加班的電費和其他費用都要由總公司負擔，這樣可以嗎？到時候請妳自己去向廠長說明原因。怎麼，做不到吧。既然如此就給我如期完成。先給我把量拚出來再說。反正妳也沒有別的本事了。」

由布子摘去小番茄的蒂頭。常溫的小番茄表面有裂痕，柔軟得一如熟透的果實。桑原的音量愈來愈大。

根本沒水洗的奇蹟式潔淨法。

打算不換溶劑蒙混過關的西裝清洗促銷活動。

為了隱瞞居家清潔偷工減料而處理掉的除臭噴霧。

先給我把量拚出來再說。反正妳也沒有別的本事了。

對了。

貴之今天要去社團成員家裡住。因為明天開始去遠地集訓，所以前一天晚上先去離集合地的中學比較近的同學家裡住。一共兩個晚上，考慮到運動服及內衣，還是先洗一次衣服比較保險。他說同學家會準備晚飯，但也不能讓他餓著肚子去。中午和晚上雖然是相同的菜色，那個多出來的便當就給貴之吧。至少先吃點東西再讓他去同學家。要是在別人家裡像個餓死鬼似地狼吞虎嚥，那就太丟臉了。

「野野宮，我說妳呀，以為哭就能解決問題嗎？妳的人生就是這樣混過來的嗎？哇，糟透了，我最討厭妳這種人了。妳給我差不多一點。開口閉口客人客人，妳要說這種話還早得很呢。妳不先做好該做的事，我會很困擾的。我有說錯嗎？錯的是無法跟其他人一起完成作業的妳吧。喂，妳有在聽嗎？到底錯的是誰，妳倒是說說看呀。」

由布子點擊瀏覽器右上角的叉叉，新聞話題從畫面中、也從視線範圍內消失。摀住耳朵，拒絕接受桑原的怒吼聲。

全都是發生在遙遠星球的事。

光是半徑五公尺以內就有太多需要我費神的事了。

3

「了解，那麼明天下午，我們吃完午飯以後就過去。如果需要我先做什麼菜，或是有哪些日用品不夠了，隨時都可以告訴我，不要客氣。」

一如往常地把車子停在離家最近的超市停車場，由布子用手機回信。快下班的時候收到婆婆傳來的簡訊，說她在老老照護的狀態下，無暇顧到自己，希望由布子週末能去幫忙。所以明天得去公婆家一趟。要在不熟悉構造的屋子裡打掃洗衣自然是件苦差事，再想到還得採買大量的食材、事先做好可以久放的常備菜、放進冷凍庫保存，由布子還沒出發就已經覺得筋疲力盡了。里奈和貴之週末都不在家，但是她並不打算讓婆婆知道這件事。如果不事先把時間設定在吃完午飯到準備晚餐之間，就很難心甘情願地去侍奉刻意分開來住的公婆。

下車，鎖門。檢查冰箱裡各種食材的保存期限以及剩量時才猛然想起，對了，今天晚上以後，只要準備六頓義久和自己的餐食就好了。

從今天到週日晚上，家裡只有自己和義久兩個人。

蘘荷、四季豆、茄子、紫蘇。由布子很久沒有像這樣隨心所欲地拿起商品，踩著起舞般的腳步走在超市裡。全都是孩子們不吃，已經很久沒出現在餐桌上的食物，但義久最愛吃蘘荷天婦羅。機會難得，多炸一點孩子們避之唯恐不及，但自己和義久都愛吃的東西好了。掂量著錢包裡的預算，由布子在購物籃裡裝滿蝦子、豬肉和馬鈴薯以外的食材，這些平常主要是由里奈和貴之吃掉的東西。反正義久星期五都很晚才回來，有很充裕的時間準備。平常孩子和義久回家的時間相隔太遠，所以可能已經很久沒炸天婦羅了。

拿起平常根本不會買，有點貴的啤酒。告訴自己有酒助興，接下來兩天應該會是一段很愉快的時光。

回到家，門沒鎖，看來是貴之先回來了。

「我回來了。」由布子說，果然得不到「妳回來啦」的回應。貴之正趴在沙發上玩手機。尺寸愈來愈大的腳上穿的襪子底部並不髒，大概是因為明天就要集訓遠行，所以今天的社團活動只是簡單地訓練一下。由布子把放在餐桌上的鑰匙收回盒子裡，提醒自己明後兩天要記得放進信箱才行。

「咦。」

放在桌上的托特包裡空空如也。

「肚子太餓，被我吃掉了。」

貴之始終盯著手機，頭也不抬地說。要是那個便當有別的用途，他打算怎麼辦。由布子心想，卻也對兒子有如鐵板般又薄又硬的身體裡蘊藏的凶猛食欲深深著迷。

「你幾點要出門？」

由布子蹲在冰箱前問，把買回來的食材一一放入冰箱。得先洗衣服才行。

「大家說要八點集合，所以大概就那個時候。」

望向時鐘，還不到五點。毛巾、內衣、運動服、襪子……這些用烘乾機很快就乾了，設定成快洗應該來得及。很好，由布子碰地一聲關上冰箱門。

「媽，」貴之依然趴在沙發上說，「關於高中的事。」

貴之把稱由布子「媽咪」的習慣與自稱「僕」[1]的習慣一起丟掉了。

「我也不太確定自己有幾分能耐，不過，明天開始的集訓是跟外縣市很厲害的國中合辦，好像會進行多場友誼賽，所以應該能從中了解自己的水準大概到哪裡。我想等集訓回來以後，再決定是不是要從春天開始練習。」

由布子慢條斯理地從冰箱前站起來。

「嗯。」

由布子的雙膝發出「啪嘰」一聲。

「我這兩天也會跟你爸爸討論一下。」

由布子回答，凝望著那副由怎樣都能靈活活動的關節連接起來的身體。半徑五公尺以內又多了一件必須盡快做出決定的事。

記得帶上事先準備好的餅乾禮盒，開車送貴之去社團朋友的家。向對方特地出來迎接的母親致謝，請她多關照，順便陪對方聊了一會兒，話題不外乎要是孩子對功課也有踢足球的幹勁就好了，絕口不提外縣市的高中向貴之遞出邀約的事。因為貴之或許還沒告訴社團裡的同伴。

回到家，收到義久傳來的訊息。

「可能要十點才能回家。」

看了看時鐘，不知不覺已經快八點了。忙東忙西的情況下，三個小時一下子就過了。由布子鞭策只想坐在沙發上的自己，先洗好米、泡水備用，再打掃乾淨浴室，這才總算拿起一罐啤酒。

空氣穿過密閉的瓶蓋，發出「噗咻」一聲。忙了一天，夜晚獨自在家裡握著罐裝啤酒，簡直像是回到單身時代，由布子感覺空氣正逐漸從自己體內洩出去。感覺有那麼一瞬間，當初那個單純的自己又回到體內，生活中沒有人會對她指手畫腳，自己也不會把時間或勞力耗費在誰身上。

邊拿忘記是什麼時候收到的醃漬蕪菁當下酒菜，邊回信給義久：「好的，今天炸天婦羅（我買了很多好久沒吃的蘘荷），等你回來一起吃。」義久調回總公司後，就算晚歸也不會在外面吃飽才回家。在分店上班的時候，為了與現場的工作人員搏感情，經常和他們去喝酒。每次迎接喝得臉紅的義久進門，由布子都不禁好奇他從以前

1. 日本男性稱呼自己為「僕」或「俺」，前者是比較有禮貌的說法，但是隨著年紀漸長，面對熟人通常會改成「俺」，尤其對於青春期的男孩子，這個轉變通常是成長的象徵。

就是這種人嗎。

再過幾個小時，就要和義久獨處了。

由布子小口小口地啜飲著啤酒，站在廚房裡。把水加到由麵粉和太白粉混合而成的粉末裡，攪拌到變成糊狀。事先將蘘荷垂直切成三等分，茄子、四季豆、紫蘇也各自處理成隨時可以裹上麵糊的狀態備用。番茄切好放涼，按下電鍋開關，準備好味噌湯，再來只要下鍋油炸即可。弄到萬事俱備、只欠東風的階段，收到ＬＩＮＥ訊息。

還以為是義久，結果是里奈的同學——佳澄美的母親傳來的訊息。佳澄美的母親還很年輕，所以都用ＬＩＮＥ聯絡，而不是像其他同學的母親那樣發簡訊通知。里奈經常去佳澄美家過夜，所以母親們也交換了聯絡方式。由布子坐在沙發上，用手指輕輕地點開訊息。

「女兒傳畢業旅行的照片給我看，說她們坐的巴士是妳老公公司的車，里奈可驕傲了（笑）。」

訊息還附了照片。三個人在畢業旅行用的大型巴士前擺出相同的姿勢，中間是身穿制服，貌似巴士導遊的女性。大概是出門以後把妝化得更濃了，里奈的臉，尤其是眼周的妝簡直是前所未見的濃艷。不過傳訊息來的母親的女兒——佳澄美的妝則更誇張。

「謝謝妳的照片。真希望她在家裡也能偶爾讚美一下她老爸的工作（笑）。佳澄美看起來也很開心，真是太好了！」

原來如此。由布子邊打字邊自顧自地反應過來。原來是在團體內不太守規矩的佳澄美帶了手機，負責幫大家拍照啊。由布子回想里奈今天早上乾脆地把手機留在家裡的模樣。大概是打算回來再分享照片。這是自己學生時代完全無法想像的事。

話說回來——由布子喝了一口啤酒。佳澄美的母親似乎完全不在意女兒違反校規，帶手機去畢業旅行。要是自己也表現出那種態度，義久肯定會大發雷霆。光是還在念國中的里奈破壞規定，他就已經氣得跳腳，萬一做母親的也允許女兒破壞規定——想到這裡的時候。

又來了。

由布子環顧所有窗戶應該都已經關緊的家中。

感覺起風了。

但還是起身檢查一下玄關及窗簾後面的窗戶，當然沒有任何一扇門窗開著。由布子突然覺得毛骨悚然。點開與義久的對話視窗，還沒有收到回覆，剛才傳送的訊息則已經呈現已讀狀態。

看了看時鐘。還不到九點。再過一小時，義久就回來了。

在空無一人的家裡準備好所有材料，保持隨時都能下鍋的狀態，等義久回來，感覺好像二十歲時的心情。由布子想像在「已讀」的文字對面，義久指尖的溫度。

義久的掌心撫摸由布子的身體時，總是熱情如火。

初次見到義久是在就讀短期大學時的聯誼場合，喝完酒再去唱歌可以說是約定俗成的流程，喝醉的男士們或許是因為酒精作祟，想要炒熱氣氛的心情完全揮棒落空，看在由布子等女性眼中，只覺得他們在重複著粗野的言行舉止。置身其中的義久始終細心地避開所有可能會發生的衝突，像是不著痕跡地把裝了飲料的杯子從在沙發上蹦跳的男人面前移開，或是保護送餐點上桌的店員、不讓店員被愛糾纏人的他們纏住。由布子觀察義久的態度，很想看看如此理性，隨時保持高度警覺，遵守社會規範的人輸給性欲的樣子。很想看看這個男人拋開理性，打破將人類規範成社會化動物的規矩，在她身上扭動身體的樣子，想得不得了。

「里奈和貴之呢？」

這是義久回到家的第一句話。

「早上不是說過了嗎，那兩個孩子從今天起都不在家。」

義久鬆開領帶，脫掉西裝外套。「有嗎？為什麼不在？」

「都說了……」由布子接過領帶和西裝外套回答，「里奈去畢業旅行，貴之去參加社團的集訓，這些我都告訴過你了。」

義久脫下襯衫和西裝褲，換上家居服。由布子平常都會把整套西裝掛起來，今天則直接放在電熱毯上。差不多該拿去洗了，明天去婆家的時候順便送去洗衣店好了。洗衣店。

腦海中掠過這個詞時，感覺又起風了。

由布子捲起家居服的袖子問義久：

「可以開始炸了嗎？還是你要先洗澡？」

「晚飯吃炸的東西嗎？」

義久說，一屁股坐在椅子上。

「……我不是說要炸天婦羅嗎？」

由布子想起「已讀」那兩個字。

「有嗎。」

義久以茫然的眼神望著虛空。由布子連忙對著虛空說：「啊，難不成你中午也吃了炸的？」

「午飯……」

趁著義久停頓的空檔，由布子快步走向冰箱。

「吃了什麼來著。」

由布子假裝沒聽見義久喃喃自語的聲音，把不算便宜的啤酒和擦得亮晶晶的杯子放在桌上，提高一個音階說：

「很快就做好了，你先喝點啤酒吧。」

義久低頭看著鋁罐。明明不可能，卻覺得他的下巴好像比今天早上更尖了。

義久愈來愈瘦了。

自從調到負責檢查大型車零件的單位，他就一天比一天消瘦。

起風了。由布子感覺捲起袖子的手臂有些涼意，拿起做菜的長筷子。

由布子心想還好今天炸天婦羅，為食材裹上麵衣。

即使家裡靜悄悄的，只要炸點什麼，就能產生熱鬧的聲音。

「我要開動了。」

好像做得太多了。由布子說，把筷子伸向堆成一座小山的天婦羅。以恰到好處的油溫炸出恰到好處的脆度。量雖然有點多，只要少吃一點飯，倒也不是吃不完。最重要的是，起風了，不趕快吃會冷掉。

準備好晚飯，義久還沒打開啤酒。

「你還記得我上次提過的約聘員工桑原小姐嗎？」

由布子把炸茄子浸在天婦羅醬汁裡，撒下對話的種子。

「今天她又對新人大吼大叫了，傷腦筋。要是又害新人做沒兩天就辭職該怎麼辦才好，真受不了她。」

義久的手指一直放在罐裝啤酒的拉環上，動也不動。

以前從一大早就在由布子身上探索每一個角落的灼熱手指，如今放在冰冷的鋁罐上，文風未動。

「也還是一樣愛嚼舌根，」由布子絞盡腦汁想填滿沉默，「就拿今天來說，提到OK屋的新服務是在欺騙顧客時，那個樣子說有多高興就有多高興。」

喀嚓。一口咬下，蘘荷獨特的風味從口中直竄鼻腔。嗯，炸得很成功。

「不曉得她是從哪裡打聽到的，還提到我們家即將展開的促銷活動也遊走於灰色地帶。」

咻……風變大了。

不行了。

由布子看著浮現在義久皮膚表面的雞皮疙瘩。

這個話題不對。

「這麼說來……」

視線游移，前方是背面朝上的智慧型手機。

「里奈的畢業旅行好像很開心，你看。」

由布子秀出佳澄美的母親傳給她的照片給義久看。里奈的妝化得比平常濃，笑得跟貼在旅行社牆上的海報裡的宣傳人物沒兩樣。

「啊，里奈沒有帶手機去畢業旅行哦！」由布子以半開玩笑的興致笑著說，「這是用佳澄美帶去的手機拍的，這張照片也是那孩子的母親傳給我的。」

由布子的手指本來要指向佳澄美，不小心碰到別的地方，跳到她與佳澄美的母親互傳訊息的畫面。

「女兒傳畢業旅行的照片給我看，說她們坐的巴士是妳老公公司的車，里奈可驕傲了（笑）。」

「咦？」

義久輕呼。

「里奈坐的是我們公司的巴士嗎？」

風變大了。

不行了。換個話題。換個更無關緊要的話題。

由布子站起來，走向放在客廳沙發上的遙控器。

「看電視吧。」

由布子盡可能以輕快的語氣說。對了，得在貴之集訓回來以前和義久討論貴之高中的事。從這個反應來看，他肯定還沒看資料，得叮嚀他明天前先看一下。這時——

「下一則新聞。」

剛打開的電視傳來女主播的聲音。

「以下是包括畢業旅行的學生在內，造成超過三百人喪命，義大利的亞果號沉船意外後續報導。」

好像從餐桌那邊傳來什麼東西傾倒的聲音。

「根據聯合搜查本部的調查，得知當意外發生時，船上載的貨物大幅超出最大運載量。」

強風。

由布子差點站不住。

家裡好像颳起了颱風。

「不僅如此，還發現為了掩飾貨物超載的事實，用來維持船隻穩定度的壓艙水只有標準值的四分之一。」

由布子在肆虐於家中的狂風裡尋找叉號的按鍵。試圖比照當雅虎新聞的畫面裡充滿東京的話題時，按下那個叉號鍵，就能讓一切消失。

「為了維持亞果號的穩定度，需要大約兩千噸的壓艙水，但是意外發生時，船上只有五百八十噸的壓艙水。船員承認為了多裝一點貨物，把壓艙水放掉了。」

叉號鍵就在由布子手中。

「包括貨物超載在內，很可能從平常就有各式各樣的違規行為。」

由布子按下遙控器的電源鍵。

消失了。

「都是……」

義久的聲音從風的間隙傳來。

「我的……」

聲音被風吹成一段一段的。

「老公。」

由布子移動腳步時，耳邊又傳來巨大的聲響，傾倒的罐裝啤酒從桌上滾落。

「都是我的錯。」

義久趴在桌上吶喊，家居服有如船上狂亂飄蕩的風帆，頭髮像是炸開了似地亂成一團。

「都是我的錯。」

沒有這回事。

這些全都是發生在遙遠星球上的事。

「不關你的事。」

由布子想從義久的背後緊緊地抱住他，可惜肆無忌憚的風太狂烈，身體無法如願前進。

——妳一定也聽過「風一吹，桶店就生意興隆」這句話吧，反過來也是一樣，所謂的蝴蝶效應，是指只要有一個人違反規定，就足以破壞一切。

由布子明白。

明白義久現在的工作單位正強迫他從事一些非法的行為。

自從貴之開始在三更半夜上網，由布子基於按捺不住的好奇心看了歷史紀錄，映入眼簾的不只是琳琅滿目的成人網站，還有許多與汽車公司有關的違法報導、因為疏於檢查零件所引起的意外報導。除此之外，還有建築物的耐震灌水問題及食品檢驗機構的違法案件等等，有各種因為負責品質管理的人違反規定而引起的現象。

「老公。」

由布子邁開腳步。身體總算能往前走了。

義久調到目前的單位後，由布子曾經像今天這樣，不小心多做了一個便當。那個便當最後只吃了一顆小番茄、一口飯、一塊煎蛋捲，就原封不動地帶回來。與其這樣，還不如一口都沒動。這樣由布子還能說服自己，他只是沒空吃午飯。義久瘦了。自從調職以後就瘦了。晚飯看來也吃不下，更是絕口不提公司的事。

——廠長雖然說公司把創造利益的品質管理交給他把關，證明他走在平步青雲的路上，其實才不是那麼一回事。實際上是要他幫公司做這些見不得人的事。

——公司騙他說這是出人頭地的必經之路，其實是為了讓他把上頭說的謊言落實下去，簡直跟公司的傀儡沒兩樣。

找到各式各樣的網站，想到各式各樣的可能性。可是由布子還有更多更切身的事要費神。

「不是你的錯。」

窗簾宛如中毒的生物，躁動不已。

由布子往前走。

「新聞播報的不是里奈他們坐的巴士。」

「是我……」

靠近義久背後。

「是我蓋的章。」

「不關你的事。」

手伸向義久的身體。

「明明這個零件、那個零件都有問題，我卻蓋了章，是我害死好幾百條人命……」

破壞規則。

你深惡痛絕。

明明規定不准帶，還帶手機去畢業旅行。

為了贏得比賽，惡狠狠地抓住對手的球衣。

為了假裝做過居家清潔而引起爆炸。

ＯＫ屋的奇蹟式潔淨法。

Let's Cleaning 的西裝清洗促銷活動。

由布子從背後抱緊義久。

「不關你的事。你沒有害死任何人，里奈也會平安無事回來。」

義久剛才脫下的西裝、打算送洗而放在電熱毯上的襯衫正乘著風，發出被風吹動的聲響，啪啦啪啦地從眼前飛過。

「剛才那些全都是發生在遙遠星球上的事。」

裝有便當的托特包從頭上掠過，不曉得飛哪兒去了。

「所以別擔心。」

由布子低頭凝視彷彿隨時都要飛走的義久心想。

比起那些，來說說明天的事吧。

關於貴之的高中啊，萬一他集訓回來，說想去那所足球很厲害的學校怎麼辦？那所是私立學校，而且規定所有人都要住校，雖說受到推薦，但貴之也不是特待生[2]，聽說要花很多學費，以我們家現在的收入可以應付嗎？再說，用足球來選高中真的沒問題嗎？啊，還有，里奈不打算上大學，也還不想找工作，說她想去上美容師的專科學校，還說想藉這個機會一個人生活，那孩子真是吃米不知米價。我是不是該換個時薪高一點的兼職？和桑原小姐一起工作很不開心，要是又有新人辭職也很頭痛，因為廠長肯定會要我想辦法，真的好煩。啊，還有我明天要去婆婆那邊，她又需要幫忙了。我打算煮好午飯再去，嗯……我不太想這麼說，要我幫忙準備可以久放的常備菜是沒問題，問題是那些食材費每次都是我先墊的。一次、兩次沒關係，可是每次都這樣，雖然金額不高，但考慮到兩個孩子的升學問題，就算只是微不足道的支出，是不是也要盡量省下來比較好。

「我……」

今天炸的天婦羅中，紫蘇是最沒有負擔的食材。

「要是我……」

由布子看著愈沒有負擔的東西飛得愈遠。

「要是我能確實遵守規定……」

不對，不是那樣的。

因為那是不可能的。遵守規定只會落得被桑原小姐罵哭的下場。

由布子想起午休前看的房屋仲介爆炸案相關報導。往下捲動報導時，看到幾則對爆炸案的留言。內容大致可以區分為兩種，一種是對自己過去付的居家清潔費被敲了竹槓的批判，充分表露出留言者的憤怒。

---

2. 意指針對入學考或在學成績優異者，得免除部分或全部學費，或給予獎學金等特別待遇的學生。

當時由布子的目光其實停留在另一種留言上。那是在各種新聞的留言欄都能看到，正義魔人的「非常正確的意見」。

「房仲老闆出面道歉根本解決不了任何問題。由加班、過剩的服務所引起的削價競爭……這個案子象徵著潛伏於現代社會的巨大毒素。為了排出那些毒素，必須從正視區區一罐噴霧開始做起，應該要開始對整個業界的結構進行大刀闊斧的改革，絕不能讓這種事一再發生。」

對對對，你說的都對，很誠實。

想起留言內容，由布子不禁失笑。

講了一堆說了等於沒說的廢話，自以為誠實，感覺很爽。那群人只是想藉由這麼說強調自己誠實面對這個問題，是真摯地為社會祈求公平正義的存在。

四季豆飛掉了，茄子也飛掉了。

但那是不可能的。

因為你們再怎麼強調要開始對整個業界的結構進行大刀闊斧的改革，那裡的員工要是不能在資源回收日以前處理好那些噴霧，就會被相當於桑原小姐的人罵到哭。會被欺負、被要求做一些他們辦不到的事、被逼得辭職。所以他們不得不那麼做。因為明天還得繼續在那裡工作。因為不工作就沒辦法生活了。

「是我的錯。」

老公。

「都是我的錯。」

要陶醉於自己的誠實之前，請先解決眼前的問題。

被風吹動的窗簾搖擺著，發出啪答啪答的聲音。眼前的景象與偷偷去看貴之比賽時，從加油區垂下的布幕重疊。

那天也颳著強風。

什麼嘛。由布子心想。

帶手機去畢業旅行的里奈。為了獲勝而狠狠抓住對手球衣的貴之。我一直在想這兩個不惜破壞規定也要達成目標的孩子到底像誰，但他們其實跟我一模一樣吧。

我既不會帶手機去畢業旅行，也不會狠狠抓住誰的球衣。我雖然什麼也沒做，卻平穩快意地走在別人打破規矩的路上。

明知那樣不好，也提醒自己不要那麼做。可是明天塞滿非思考不可的問題，已經逼到眼前了。

「怎麼辦？由布子。」

——足球這種運動，若想完全遵守規則是贏不了的。

「怎麼辦？」

被風吹起的蘘荷打在由布子臉上。

煩死人了。

事已至此，你問再多次怎麼辦怎麼辦怎麼辦，再假裝誠實，再假裝成好孩子也無濟於事。事到如今就別再擺出受害者的模樣，別再自以為是完美又正直的人。我可羨慕你了，還有餘力為發生在遙遠星球的事傷神。我光是想到明天要去哪家超市買什麼食材，才能少花一點錢做出可以久放的常備菜，就已經一個頭兩個大了。

義久，我好不容易炸得火候剛剛好，你趁熱吃嘛。

「都是我的錯。」

無論風吹得再狂，要想的事還是堆積如山，必須活下去的明天也還是會來。

「都是我的錯。」

老公。

里奈和貴之都不在家的晚餐，下次不曉得是多久以後了。趁著風味正好的時候快吃嘛。

由布子腳邊的罐裝啤酒終於被風吹起。

痛是必然

1

走進吸菸區，邊抽電子菸，把手機放在桌上。這時總會感覺眼睛疲勞，可是又跟平常打電腦或玩手機的眼睛疲勞不同。隨即馬上在心裡嘆息，無論是哪一種疲勞，日積月累的負擔都差不多。但也只能在心裡嘆息，然後一天重複好幾次。良大用力地閉上雙眼，身體往後仰。這麼做非但沒有舒服點，反而像是走在舊家地板上，感覺肉眼看不見的身體某部分受到嘰嘰嘎嘎的擠壓。

星期五，晚上十點半。體內的注意力已經一點都不剩了，但是必須在今天內搞定的事還沒有做完。

驀然回首，食指已經按下Google的圖示，長方形的畫面裡頓時充滿幾小時前才看過的景色。這個網站幫使用者整理出許多與電子商務有關的資訊，是剛跳槽過來的時候，業務團隊的組長小杉告訴他的。都是業界最新情報，最好每天都檢查一下——小杉這麼告訴他的時候，他沒想到小杉真的幾乎每天都會跟他討論網站上的最新消息。話說回來，光是以電子商務為主的年輕公司會僱用像小杉這麼死纏爛打的人，就已經超乎他的意料之外了。

「走在直播平台業界最前端的Shop Vision成立新團隊，廣邀亞洲各國的網紅加入，以下是組長澤渡明日香的展望（上集）」

網站上強力放送的標題映入眼簾，手指同時將畫面往下拉。星期五的這個時間才上傳新文章，表示整個週末都會占據熱門話題。

真討厭。不爽的情緒從內心深處泉湧而出。

「群雄割據的二維條碼支付服務——與軟體銀行合作的 Every Pay 和超商 LAWSON 簽約，在各方紛紛擴展使用範圍的混戰中拔得頭籌」

下一個標題也令他感到心浮氣躁，然後重新打起精神，安慰自己這個網站根本沒有能讓現在的心情變好的資訊。想也知道不可能光靠大拇指捲動一下畫面，就讓自己離開現在的處境，卻還是無法停止捲動畫面的動作。

良大走出吸菸區。得趕在星期六之前寄出電子郵件向小杉報告才行。

回到自己的辦公室，眼前是還不能回家的同事們三三兩兩的身影，各自對著除了面對以外別無選擇的螢幕。看到幾張被昏暗燈光照亮的臉龐，良大隱約可以想像自己現在是什麼表情。

明天是難得可以單獨出遊的日子，真希望能在完全不用想到工作也沒關係的狀態下出遊。

今天帶著詳細資料去找上週感覺還不錯的窗口時，對方的態度突然變得模稜兩可。鍥而不捨的追問下，才知道他們公司內部好像比較傾向於採用別家公司的二維條碼支付服務。良大想，這種事就不能提前傳個訊息通知我嗎，但還是問了一句：「請問是 Every Pay 嗎？」

窗口滿臉歉意地笑著解釋：「絕不是敝公司對貴公司的服務有任何不滿，而是引進 Every Pay 的地方比較多，對客人來說，用他們家的支付服務比較方便，所以……」

笑什麼笑啊，良大在心裡詛咒，但還是成功地笑得比眼前的窗口更燦爛：「這樣啊，但是可以按照原訂計畫聽我說明一下嗎？不用急著今天就決定要不要採用本公司的系統，只希望貴公司能再考慮一下。」出了社會，其實不太需要在面對面的情況下做決定，免於尷尬的部分與因此化膿壞死的部分同時在心中滋長。

這家公司的業務是以市中心商業區為主展開的餐車事業。他原本以為一定能簽下這家公司，這下共計十八家分店的契約可能都會泡湯，不曉得該怎麼向小杉交代。

良大將密碼輸入處於休眠狀態的電腦，內心同時浮現出「地方」這個字眼。要是競爭對手 Every Pay 的版圖繼續擴大，關東及地方都市大概都會由 Every Pay 一家獨大。這麼一來，上個月有人開玩笑地說：「只能鎖定地方的個體戶商店，一一擊破了。」這個方法或許會成為既定事實也說不定。可是，好不容易才找到完全符合美嘉開的條件的房子。

良大連忙吞回正要脫口而出的嘆息。現在就鬆懈的話，感覺要花很多時間才能重新振作起來。良大點開收信軟體。

有一封小杉傳來的新郵件。小杉要良大把公共檔案夾的資料寄給他，最後以這句話總結。

「餐車的合約應該沒問題吧？我還沒下班，請在開始享受愉快的週末以前先讓我知道最新狀況。」

為了能夠更簡明地解釋「用一個二維條碼就能完成付款」這種難以用言語說明的服務內容，小杉今天去了製作影片的地方。為了不讓 Every Pay 繼續囂張下去，高層決定重新製作營業用的材料，宣傳影片及簡介手冊都要重新製作成更詳盡的內容，因此小杉今天一早就去製作影片的地方，忙完直接回家，不進公司。

「小杉：不回公司」的文字在每天不斷更新的群組軟體中閃爍。昨天看到那幾個字的時候，良大感覺原本再熟悉不過的身體居然又能呼吸到新鮮空氣，就連自己也大吃一驚。光是想到那股緊迫盯人，擅長對別人的言行舉止挑毛病的視線不見了，就覺得自己似乎能跑得比平常快幾秒鐘、跳得比平常高幾公分。

只不過，即便如此，自己目前的處境也不會因此好到哪裡去。

「沒問題吧？」

沒問題。

腦海中迴盪著自己的聲音。

「沒問題吧？」

沒——

「沒問題吧？」

問——

「沒問題吧？」

題。

按下選字鍵的那一刻，不知怎麼地，就連迴盪在自己腦海中的聲音也變成別人的聲音。

——沒問題。

比自己低沉一點、溫柔一點的聲音。

這句話是前一份工作的上司吉川茂雄的口頭禪。

沒問題。吉川總是這麼對小自己十歲以上的部下良大說。無論發生什麼狀況，無論良大找他商量什麼，無論主管丟給他什麼難題，吉川都能微笑回答「沒問題」。實際上也不曉得他使了什麼魔法，事情總能往沒問題的方向落幕。吉川工作的時間比任何人都久、比任何人都站在風口浪尖上。

「小杉組長：製作影片到這麼晚，真是辛苦您了。我把前幾天請您確認過的資料交給負責餐車支付事宜的窗口，也重新向他解釋一遍。對方表示想再考慮一下，我會鍥而不捨地繼續與對方交涉，直到對方確定與我們合作為止。另外，關於新開發的案件——」

因為Every Pay的竄起，愈來愈難爭取到新合約的此時，小杉突然冒出一句：「我想是時候把銷售工作交給年輕人了，如果我一直擋在上面，會影響到各位的成長，而且我要負責文宣的改版也會愈來愈忙。」包括良大在內，幾乎整個業務團隊的組員在年齡上都必須在這家公司待到退休了，面對公司這艘逐漸沉沒的船，面對率先放棄掌舵的小杉，也只能說「沒問題」。

吉川這點也與小杉不同——明明已經無數次體認到再緬懷這些事也無法改變什麼，還是會忍不住想起。吉川總是站在部下這邊，思考顧客的需求，完成老闆的要求。看到吉川以隨時全力以赴的態度抱怨「正值青春期的孩子真令人傷腦筋」的樣子，良大好想義正辭嚴地告訴他那兩個分別就讀國中與高中，貌似正值叛逆期的女兒：「妳們的父親其實是很了不起的人。」良大決定從上一家人力派遣公司跳到現在這家公司時，能有吉川這種上司是三生有幸的想法一直令他猶豫到最後一秒。看著無論誰提出什麼要求，都回答「沒問題」的吉川，良大心想或許這輩子再也遇不到這種人了。

「請在開始享受愉快的週末以前先讓我知道最新狀況。」

回信給小杉，視線停留在如果是吉川絕對不會這樣話裡藏針的語句上。「呼……」地嘆了一口氣，力氣從想盡辦法挺直的背部不斷流失。

愉快的週末。

心臟內側久違地感到一陣酸楚。

下載個人化共享汽車的應用程式，開車遠行的計畫一下子逼近到眼前。同時也感覺與美嘉一起對照彼此的存款餘額和月薪，討論「要再過一陣子才能買車」的日子，也隨著擁有車子的欲望一起遠去了。

以前有太多想擁有的東西。帥氣的車、隨時都能招待朋友來家裡玩的房子、能買下那些東西的收入、對世間的影響力遠遠超出那些收入的工作、在那些前提下與美嘉攜手走過的時光、與家人共度的愉快週末。

愉快的週末。久違的單獨遠行。

這麼說來……良大凝視著放在鍵盤上的手指，想起吉川曾經說過，旅行是他寥寥可數的興趣之一。以前只聽他說過工作及家人的話題，到底是什麼時候聽他提起「單身的時候很喜歡心血來潮地出門遠行」這件事呢。後來自己又說了什麼呢。良大已經不記得了，只記得吉川時時刻刻夾在這個人和那個人之間，溫和微笑的樣子與「心血來潮地出門遠行」這句話聯想不太起來。

如果是吉川，才不會在週末前一天用小杉那種方式對部下說話。肯定不會。

手機微微發光。

還以為是小杉打來的電話，心臟彷彿被緊緊地揪住。幸好亮起螢幕的是私人用的手機，點開ＬＩＮＥ，收到一則新的訊息。

「我們這群同期進公司的男生正在神泉喝酒，你來不來？」

是上一份工作的同期傳來的訊息。如果從大學畢業就一路工作到現在，大家都是三十四歲，可是除了良大以外，同期的男性都還沒結婚，因此直到現在仍在沒有家累的前提下動不動就約他。有時也會覺得他們的自由很可恨，但是和他們在一起又很舒服，有一股在攜家帶眷的朋友愈來愈多的圈子中感受不到的輕鬆自在。

「我很想去，但還在加班。下次有聚會再約我，可以的話最好提前說。」

良大迅速地輸入訊息，電腦裡是要回小杉卻始終沒有進展的回信畫面。其他還沒回家的同事想必也都是大同小異的狀況，每個人就像明明沒有風卻兀自飄搖的白旗，一臉無神地玩手機。

手指再度回到鍵盤上，手機緊接著又亮起。

「這樣啊，那真是太遺憾了。下次再約吧。辛苦了。」

當訊息變成已讀，畫面下方迫不及待似地又浮出一行字。

「你知道吉川先生辭職了嗎？」

回到家的時候，電商業新聞網站的頭條還是那則報導。要是這麼看不順眼，別打開那個網站就好了，但是如果不上緊發條，可能會不小心習慣性地點開ＬＩＮＥ，現在連手機的待機畫面都不想看到。良大彷彿為了拭去沾在手背上的汙垢，點擊一直占據頭條的標題。

「走在直播平台業界最前端的 Shop Vision 成立新團隊，廣邀亞洲各國的網紅加入，以下是組長澤渡明日香的展望（上集）」

家裡沒有半個人，良大坐在沙發上，用手指點開在吸菸區看到的那則報導。名為澤渡明日香的女性以所謂「業界人士演講時專用的手勢」接受訪問。妝容很適合她的臉型，不會太張揚，服裝也很正式，但又不會讓人覺得退流行。從一張照片就能看出澤渡明日香身為女強人的凝聚力。

玄關門打開。

「我回來了！」

叩叩叩，耳邊傳來鞋跟踩在地上的腳步聲，美嘉從丹田裡發出「辛、苦、你、了！」的叫聲。這是以前還住在牆壁很薄的公寓裡不能做的事。

「啊，你做了韓式炒冬粉。」

美嘉把皮包放在餐桌上，皺起鼻子聞了聞。最近迷上了韓式炒冬粉，只要把韓國冬粉買回來煮熟，再把蔬菜切一切、炒一炒，與冬粉拌勻即可，非常簡單。唯一的缺點是廚房裡很容易殘留醬汁的氣味。

「我剛吃飽，所以好睏。」

「吃飽飯馬上睡覺會胖哦。」

美嘉貌似剛從一場邊吃飯邊開會的應酬回來，將廚房的抽風機從弱轉到強，開始卸下身上的衣服。「看你的樣子，想必也已經洗好澡了。」

良大隔著手機，凝視妻子打從進門就沒有一刻稍停的動作。襯衫是最近經常看到的那件，脫掉以後還能維持立體感，可見是很昂貴的貨色。或許是開會前才又仔細補過妝，即使一天已來到尾聲，妝容依舊完美精緻，大概用了很好的化妝品。

不曾親口確認過彼此的收入是否已經逆轉，但是在共同生活的日子裡，到處充滿事實勝於雄辯的蛛絲馬跡。

「我剛剛還在看貴公司的報導。」

「還貴公司咧，」美嘉笑著說，「是澤渡小姐的報導吧？完全擺出一副業界人士演講時的樣子，有夠好笑。」說是這麼說，但是在剛才的餐會上，美嘉應該就是以那位澤渡小姐的左右手出席。目前正處於世人與業界共同矚目的漩渦中，回到家還無法完全關掉開關，從她神采奕奕的動作中可以看出她的成就感。

美嘉目前參與經營的「直播平台」是一種在直播節目中介紹商品，觀眾可以當場購買的服務。現階段的直播主和使用者主要都是年輕女生，據說由知名網紅擔任直播主的時候，幾十分鐘就能創下上百萬的營業額。最近也出現了同時扮演採購與銷售人員的直播主，去韓國或台灣等地旅行的同時也在當地直播可以買到什麼東西，受矚目的程度更是水漲船高。

「因為標題寫說要廣邀亞洲各國的網紅加入，我還以為也會提到美嘉。」

結果並沒有。良大說到一半，美嘉微微一笑說：「哦，下集應該就會提到我，因為我也接受了下集的採訪。」

下集預定於下週一刊登——良大想起上集訪問最後那段話，又開始對這個把網紅當一回事，對這個名詞沒有絲毫揶揄之意的世界感到不適。明明自己的家人正處於那個世界的核心。

「我也經常聽到貴公司的大名，二維條碼支付服務愈來愈普遍了，就連自由業也有很多人導入。」

「對呀。」良大附和，心知美嘉是不想他太難堪，良大感到過意不去。美嘉大概也看到刊登訪問的網站上那則「群雄割據的二維條碼支付服務──與軟體銀行合作的Every Pay和超商LAWSON簽約，在各方紛紛擴展使用範圍的混戰中拔得頭籌」的文章吧。不過她可能只看到那行標題。因為妳老公的公司可不是「群雄割據」的群雄，而是被割據的一方──體內的自己忍不住滔滔不絕地反諷起來。

「糟了，得趕快去洗澡，為明天做準備才行。」

美嘉換上家裡穿的休閒服，拿起手機，沉默了整整一秒。

來了。

「良大。」

美嘉甫開口，良大就大聲地、迅速地「嗯」了一聲。

「明天送子鳥會來。」

「嗯。」

就像為不想失敗的文件蓋章，良大又應了一聲。美嘉從手機螢幕抬起頭來。

「沒問題吧？」

美嘉看著良大，褪下身為Shop Vision直播平台副組長的外衣，變回今年三十四歲的妻子。

「沒問題。」

沒問題。

現在聽到的這句話是由誰說出來的呢。

「那我去洗澡了。」

美嘉的背影與拖鞋的腳步聲一起消失在走廊上。良大深深地陷進沙發裡，將手機點回主畫面。

長方形的世界裡塞滿五顏六色的應用程式，其中有兩個鳥的圖案，一個是早已看慣的推特圖示，而另一個圖示即使已經過了半年，卻怎麼也看不習慣。猛一看還以為是推特的圖示，其實是很受歡迎的備孕應用程式，可以讓夫婦分享彼此的情報。懷孕的可能性特別高那天，應用程式內的行事曆就會出現送子鳥的圖案。

明天是排卵期的前兩天，據說是最有可能懷孕的時機，所以他們決定久違地一起出門。

良大喝了一口飯後泡的茶，豎起耳朵。浴室那邊還沒傳來淋浴的水聲。考慮到萬一的可能性，良大把電視音量調大一點。

打開ＬＩＮＥ，查看由前一家公司的同期組成的群組。

「你知道吉川先生辭職了嗎？」

對良大而言，幾小時前收到的訊息宛如晴天霹靂，但其實也隱約有所預感。只是，對深受大家信賴的吉川先生辭職一事的驚訝，以及早就覺得他遲早會辭職的預感，一下子就被緊接而來的訊息吹得煙消雲散。

「說是辭職，不如說是被炒魷魚了。你們有在聯絡嗎？你該不會什麼都不知道吧？」

我們沒有聯絡。我什麼也不知道。良大回覆後，立刻收到同期傳來的影片檔。

「可能會被刪，所以要看就要快★」

「不過，或許還沒看到就被刪除還好一點。」

同期傳來的訊息有如雪片般紛紛飄落的同時，良大按下朝向右邊的三角形符號。

一瞬間的沉默後，全裸的吉川與身上只有一條內褲的女性映入眼簾。

吉川被五花大綁成 X 字形，每次被半裸的女性用奇形怪狀的道具弄痛時都會大聲哀號。皮鞭和蠟燭只是開胃菜，吉川不時被良大這輩子從未見過的特殊道具弄到差點昏死過去，最後甚至被迫張開雙腿，往肛門裡塞入按摩棒之類的道具。

「衝擊太大了（笑）。」

「現在誰都聯絡不上吉川先生，你可以打電話給他嗎？他還沒辦離職手續，人事部都快愁死了。」

據說那個女人是那一行赫赫有名的虐待狂，號稱「西之女王」，光是在特種行業工作還不夠，也在私底下調教男人。因為是私下接洽，可以玩到在特種行業不給玩的性愛遊戲，所以常客中也有人願意花比店裡收費更高的金額，私下接受她的調教。拍下過程，上傳到只有私下接受調教的人才能登入的影音分享網頁。

吉川就是其中之一。

「而且這個女人住在關西。」

「特地跑去大阪接受調教，對ＳＭ也太投入了。」

不曉得影片為何會外流，只知道有人覺得籍籍無名的男人被千奇百怪的方式折磨的樣子很有趣，陸續把影片上傳至推特，結果瞬間就被到處轉傳，甚至出現在各種統整網站。不確定是誰開始懷疑其中一人是不是吉川，但是對隸屬於組織裡的人而言，最大的樂趣之一就是說別人壞話的假設，在這種時候會發揮出不只是假設的威力。

吉川的裸體、性癖、悲鳴，以遠遠快過吉川在工作上鞠躬盡瘁做出成果的速度，被公司裡的人、也被社會上的人知道了。

「起初簡直不敢直視，可是一旦習慣，又不停地想吐槽『既然會痛就停止啊！』笑到流淚^^」

「會不會根本不痛啊？畢竟那種人對於痛的感覺跟正常人不一樣。」

「我也算是踏遍很多風月場所了，實在不懂痛覺到底要怎麼變成快感。與其這樣不如去找人妖還好一點。」

「→所以被革職了。」

浴室裡隱約傳來淋浴的水聲。比起藝人在電視裡拍手大笑的聲音、比起水滴在美嘉身上碎裂的聲音，被當成打擊樂器的中年男子所發出的悲鳴比什麼都鮮明，有如在耳畔。

好痛！啊啊！我不行了！好痛！我已經不行了！好痛！啊啊啊啊啊！

送子鳥飛來的明天要久違地去遠行。良大按下反覆播放影片的重播鍵，安撫開始蠢蠢欲動的下半身。

2

上一家公司在人力派遣業界也算是受關注的公司，主要是因為社長積極又有行動力，認為維持現狀就等於衰退。發現過去在整理與轉職有關的資訊時比較沒有留意到交通這塊，便成立了把重點放在這一塊的徵人網站。護理師、大學畢業後沒能立刻找到正職工作的人、大學畢業後雖然找到工作，但不到三年就想換工作的人、自由接案的工程師、自由接案的美編等等，針對個別業界提供的服務陸續交出漂亮的成績單。

吉川是社長大學時代的學弟，每次成立新服務，都會任命吉川為該團隊的組長。那些職位經常帶給吉川出乎意料的麻煩，但吉川總是把「沒問題」掛在嘴邊，有驚無險地克服那些高山低谷。吉川比誰都早到晚歸，鎮日對著電腦，卻從未對任何人大小聲，一旦負責的服務上軌道，就把組長的位置拱手讓給年輕人，轉頭忙起新成立的服務，此舉又讓他的地位神格化了幾分。

現在回想起來，大家都太依賴吉川的「沒問題」了。不知不覺，所有人心裡都認定他一定會幫忙想辦法。

在社長的一聲令下，公司決定成立餐飲業的徵人網站，將人才鎖定為可以在餐廳裡擔任中流柢柱的人，例如主廚或廚師等職務，而非外場工讀生。聽說是因為隨著公司規模日益壯大，社長光顧的餐廳也愈高級，看到在社交場合中認識的廚師透過臉書積極探索新天地的樣子，受到相當大的震撼。即使是有一定知名度的廚師也必須靠人脈才能轉換跑道，因此社長想為他們改善一下這個現況。

吉川成了組長，良大在他手下工作。就結果而言，專門針對廚師的徵人網站在經營上有非常大的難度。

因為換工作的時候，最重要的莫過於那個人以前有過什麼工作成果，護理師或工程師可以用言語說明實績，但廚師關注的重點並不是資歷，而是自己創造出來的料理本身。換言之，求才的餐廳除非吃過該廚師做的菜，確認他的廚藝，否則無從判斷。良大的工作就是負責整合上網登記的求職者，所以很早就感受到餐飲業之所以要靠人脈換工作，其實有它的道理。

有一次，他打定主意今天一定要告訴吉川這件事。然而打開電腦，點進群組軟體，發現公司上傳了社長最新的採訪報導，而且設定成所有員工都可以看。

那篇報導刊登在財經雜誌上，內容提到重視速戰速決的社長在成立餐飲業的新服務同時，也宣布要把以前委託廣告公司做的宣傳、行銷業務改由公司自己做。如此一來，無需借助外部的人力，就能完成一連串業務，可以讓各種服務的合作更緊密、更有效率——社長笑著用這句話為訪問畫下句點。

「——目前正在籌備的服務足以改變整個餐飲業。因為是體制革新後推出的第一項服務，包括要如何架構等等，敬請期待。」

每次與新體制有關的採訪上報的同時，都會上傳到公司內部的群組軟體。每篇訪談最後都會提到這是體制革新後的第一項服務，因此每次上傳到群組軟體後，公司內部便形成了體制革新後的第一項服務絕不容許失敗的不成文規定，並廣為流傳。

吉川的工作就是去拜訪有徵人需求的餐廳，為了滿足顧客千奇百怪的條件，只要顧客提出需求，不管水裡火裡他都會去。有一次，大型颱風登陸關西那天，吉川的出差行程與颱風路徑完美重疊，交通大亂，導致吉川卡在出差地點回不來。根據群組軟體裡大家都可以看到的行事曆，良大發現吉川第二天上午要去東京都內的餐廳拜訪，於是打電話向吉川確認。

「我明天替你去吧。」因為電話打不通，良大在語音信箱留言。憑良心說，他其實是希望吉川能利用這次颱風至少休個半天假。「我知道該如何說明這項服務，可以替你去。」

過了一個小時左右，良大接到吉川打回來的電話：「沒問題，我可以處理，你不用去。」為什麼要這麼堅持。良大正想繼續說服他時，接到餐廳打來的電話：「有點事想當面請教一下，代理人也沒關係，可以派個人過來嗎？」這下子，就算是吉川也不得不屈服。

吉川不在公司的平日上午，良大獨自搭乘電車，這才發現吉川從未請過假。

繞到餐廳後面，和之前皆與吉川接洽的負責人交換名片，剛把對方送上來的茶水送到嘴邊，那個負責人就說：

「那個，如果有什麼問題，請直接告訴我。」

「因為無論我問什麼，吉川先生都只會回答沒問題、沒問題。老實說，我很不安，始料未及的開場白。

一直想跟吉川先生以外的人談一下。」

良大張開剛攝取過水分卻又開始口渴的嘴巴回答：「請說。」

「貴公司的社長是敝餐廳的老主顧，我們也很想協助貴公司新推出的服務。不過，餐飲業——尤其像我們這種個人經營的小店，特別重視人脈與過去的人際關係哦。在正確的時間點遇到廚藝高強的人、有人介紹廚藝高強的人過來，說是命運的安排也不為過。我倒不是宿命論者，但還滿相信這種命中註定的緣分。我已經做好心理準備，如果遇不到適合的人，就表示這家店差不多也該收起來了。」

這個人很善良。良大看著坐在自己面前，年紀與吉川相仿的男人心想。如果不是完全沒問題，這個人就會據實以告不是完全沒問題——在出大問題之前。

「可是吉川先生都說絕對沒問題，堅持只要使用這項服務，一定能找到最優秀的人才，要我相信他。我很感謝他的熱情，但是他那種口頭上絲毫不肯退讓的態度……不好意思，我實在是沒辦法了。」

良大已經猜到他要說什麼了。

「上次開會討論的時候，我故意提出一個絕對辦不到的條件，想試探他一下。」

是。良大想這麼回答，乾巴巴的嘴巴卻不聽使喚。

「儘管如此，吉川先生還是老樣子地笑著說沒問題。」

沒問題。

已經聽過上百次的聲音在腦內甦醒。

「這不是騙人嗎。我又不是傻瓜，根本沒有廚師會答應那種條件。但他還是說『沒問題，我一定會為您介紹可以滿足這些條件的人』。」

負責人喝了一口茶，抬起頭來。

「貴公司沒問題吧？」

負責人說。

「昨天也是，氣象報告明明都說大型颱風要來了，吉川先生還是去關西出差對吧？其實那家店是我介紹給他的。」

腦海中浮現社長的採訪內容。剪裁合身的西裝、打高爾夫球晒黑的笑臉、以及每次最後都會出現的那句話。

「我以前認識的人開了一家店，說要擴大規模，想多請兩位廚師。可是颱風都來了，那家店昨天應該也沒開。或許老闆會為了吉川先生特地去店裡，可是這忍不住讓人懷疑貴公司真的沒問題嗎，居然要員工在颱風天出差。」

——目前正在籌備的服務足以改變整個餐飲業。因為是體制革新後推出的第一項服務，包括要如何架構等等，敬請期待。

「吉川先生是不是被逼得很緊啊。聽說他過去的確成功推出了很多新服務，但是也不可能百發百中吧，在餐飲業界就更不用說了。」

「感謝您為我們操心了，不過……」

良大急忙開口，發出簡直不是自己的聲音。

「沒問題。」

原來是這麼回事。良大心想。原來那個人的口頭禪就是這樣養成的。

回家路上，良大在電車上瀏覽別家公司經營的徵才網站。

「三十五歲在就業市場上是很大的分歧點」、「突破三十五歲就業關卡的實力診斷測驗」，看到出現在畫面中的字句，心想至少自己的人生還有兩年的退路，真是太諷刺了。

3

「要吃口香糖嗎？」

對著從副駕駛座伸過來的手指說了聲「要」，直接用嘴巴接過。咬碎丟進嘴裡的物體，薄荷與葡萄的香味有如紙飛機飛進鼻孔裡，使得原本就已經很清醒的意識更加敏銳。

「這個好好吃。」

「對吧，是新上市的產品。」

隔著擋風玻璃，眼前是萬里無雲的天空。良大不禁感謝這輛車的主人是那種平常就會不厭其煩地清潔擋風玻璃的性格。彷彿延伸到天涯海角的藍色，甚至讓他想起地球是漂浮在宇宙裡的一顆行星，這種很容易遺忘的事實。面對眼前的景色，人類的語言也變得愈來愈簡單。

「天空好漂亮！」

「對呀。」

自從開始利用共享汽車服務，良大覺得自己好像比以前更喜歡開車了。雖然是週六，高速公路比想像中順暢，照這個速度，大概可以比預定時間提早二十分鐘抵達目的地。

「今天要去的地方叫什麼來著？神怒川嗎？聽起來就是很有名的觀光景點。」

「啥？那叫鬼怒川好嗎，還神奈川咧，」良大忍不住哈哈大笑，「如果妳是認真的，未免也太沒常識了。」

今天要去鬼怒川泡溫泉。

「我又沒去過，所以不小心說錯了。」

伴隨著笑聲，指甲剪得短短的手指又從副駕駛座伸過來。這次沒有口香糖，指尖直接輕柔地探向良大的雙腿之間。

「哇！已經勃起了。你還是老樣子，這麼有精神。」

有菜興高采烈地說，探出身子，雙手在牛仔褲上來回撫摸。良大今天故意換上小一號的拳擊內褲和牛仔褲。穿著具有壓迫感的衣服，勃起的快感更強烈。

「前端該不會已經溼了吧。」

要不是還在開車，他真想放開方向盤。想閉上雙眼，將全身浸泡在如水加熱般一點一滴逐漸高漲的快感裡，幸好還剩下一絲理智。「又不是高中生了，可以不要隨便碰一下就出現這麼大的反應嗎？」有菜眉飛色舞地拉下牛仔褲拉鍊，將手指探進去。

擦得亮晶晶的擋風玻璃外面，有兩隻鳥從右邊飛向左邊。

飛翔的軌道像極有菜濃密的眼線。有菜透過鏡子看到的自己與現實中的自己至少差了十歲以上。每次見面，看到她的妝容都比上次年輕一點，內心深處就會湧起一股醜陋的安全感，感覺不管對這個女人玩什麼性愛遊戲，她都不會生氣。

鳥飛走了。送子鳥的圖案瞬間掠過良大的腦海。

「好了，到此為止。」

有菜說，重新坐回去。可以的話，真想現在就摸遍她的身體。但是手裡還握著方向盤，所以也只能想想而已。良大嘟囔：「真想趕快開戰。」有菜附議：「我也是。」自己現在握的方向盤，肯定不只操縱這輛車。耗盡最後一絲理智沒有放開的，肯定是比這輛車更重要的東西。

「啊——啊。」

有菜放下副駕駛座的椅背，像是剛起床的人躺在床上會做的動作，伸直全身，骨頭發出「啪嘰！」一聲。

「要是明天、後天都不用上班就好了。」

心裡想的就這麼說出來了。從向後仰的上半身挺出來的胸脯稍微有點鬆弛。內心深處湧起一股熔岩般的躁動。

「就這樣直接開去天涯海角吧。」

「好啊。」

「好想直接去北海道啊，不過那樣可能會累死開車的你。」

「倒也還好，我喜歡開車。」

有菜「嗯哼……」地念念有詞，開始用手機播放音樂。演唱者好像是從影音網站崛起的團體，但良大完全沒聽過這首歌。有菜聽的音樂、喜歡的服裝、說話的方式都比現實中的肉體年輕許多。良大也不知道她到底幾歲，恐怕並不比自己年輕吧。

送子鳥從擋風玻璃前掠過。不對，那只是普通的鳥。

自己現在之所以會愛上開車，想必是因為隨年齡漸長，生活周遭愈來愈缺乏那種花多少時間就能有多少進步的簡單玩意兒了。發現自己在高速公路或能見度不佳的馬路上也能平穩地駕駛的同時，也重新確認了，自己還能將精力花費在只要努力就能辦到的事情上。

想到這裡，良大突然發現一件事。多花一點時間就能進步的開車技術，或許是離某一天突然就無法與美嘉做愛最遠的一件事也說不定。

良大用力踩下油門。用多少力，這輛車就能提升多少速度，感覺就像有靈性的生物。光是這點小事就讓胸口為之一緊，真希望這輛車能帶自己奔馳到天空的盡頭。

4

結果良大不是經由徵才網站，而是在臉書上找到後來的工作。大學時代的朋友在臉書上分享了自家公司的徵人資訊。

該朋友的公司是專門提供二維條碼支付服務的電子商務公司，成立不到十年，還很年輕。良大當時對電子商務並不了解，但是在經營接案工程師的徵才網站時，發現「電子商務」這個詞經常出現在會員履歷，隱約明白這是有發展性的產業。

更重要的是，當時美嘉從事的直播平台事業，不管是實際成績或知名度都開始突飛猛進地成長。

直播平台、在 Instagram 上直播、知名網紅推薦的商品、三十分鐘創下五百萬圓的營業額——老實說，美嘉提到工作的時候，良大對她口中的每一個詞都非常不以為然，認為那只是暫時性的熱潮，甚至覺得有點像詐欺。然而，後來並不是由美嘉告訴他，而是他自然而然地知道了，電子商務與直播合作的服務在中國早已行之有年，此時總算感受到社會的風向變化，開始認為自己原本嗤之以鼻的東西或許對下一代真的是偉大的發明。

美嘉經常要安排知名網紅去韓國或中國採購，同時也經常要接待來日本辦貨的亞洲網紅，週末也忙得不可開交，看起來一天比一天美艷動人。

當時良大還不是很明白美嘉公司的業績與自己的性欲成反比的原因，不，是假裝不明白。

另一方面，透過臉書聯絡上朋友，很快就被錄取，這種速度感本身就象徵著該行業正處於成長的領域。專供廚師使用的徵才網站則始終處於停滯不前的狀態，幾乎所有同事及前輩都對離職的人非常不諒解：「你居然在公司最艱難的時候逃走！」在這種情況下，只有吉川直到最後一刻都很溫柔。

「既然你找到其他更想做的事也沒辦法，公司的事就交給我，你不用擔心。在電子商務界工作的經驗很值得參考，等你習慣以後，請務必講給我聽。」

最後上班那天晚上，吉川在居酒屋裡微笑著說。那天晚上是他第一次和吉川單獨喝酒。

彼此心裡都有數，從明天起，他們就是不相干的人。一思及此，感覺比想像中更放鬆。起初還在聊工作上的事，不知何時，聊天內容變成私人情感的話題。良大第一次向別人提起，妻子美嘉希望能沒有後顧之憂地從事漸上軌道的工作，所以想趁著還有體力的時候先生小孩。不知不覺間，就連自己瞻前不顧後地辭職、打亂美嘉的生涯規劃、感覺最近性欲好像有點衰退，根本不是生小孩的時候……這些不該說的話全都說了。即使明天起就是不相干的人，也不該就這麼告訴上司。

吉川也說除了女兒們正值叛逆期，態度愈來愈惡劣，還得照顧體弱多病、反覆住院的妻子外，寶貴的假日幾乎都用來照顧腳不方便，日常生活需要人幫忙的父母。幫女兒準備便當、接送她們參加社團或去補習班也都由他一手包辦，但他還是笑得與往常無異地說：「不曉得她們什麼時候才會明白，只要她們願意對我說聲謝謝，我就能繼續努力下去。」

隨著夜色漸濃，三杯黃湯下肚，良大覺得諸如「年齡」與「立場」等，那個人之所以為那個人的訊息和背景，正從隔著一張桌子對坐的男人身上消失。

「請問……」

所以良大提出這個問題，就像撿起掉落的筷子般自然。

「吉川先生有什麼興趣嗎？」

「怎麼突然問這個？」

吉川噗哧一笑。那不是平常與「沒問題」這句話一起浮現的微笑，而是發自內心的微笑，就連良大也覺得很高興。

「有什麼關係，以前好像都沒有聊過這種話題。告訴我嘛，你有什麼興趣？」

「嗯……」吉川沉思半晌，吃了一口炙燒明太子說，「單身的時候很喜歡心血來潮地出門遠行。」

心血來潮地出門遠行。這與他平常在眾人圍繞下，臉上始終掛著笑容的形象相去甚遠，令人有些意外。良大追問：「為什麼？」吉川花了比剛才多兩倍的時間沉思，再度開口：

「因為可以想到什麼就說什麼吧。」

意想不到的回答令良大「咦？」了一聲，探頭追問。

「什麼意思？」

「該怎麼說呢，旅行的時候啊——」

吉川想了一下。

「該怎麼說呢，看到美麗的景色不是會反射性地說『好美啊』，吃到當地美味的食物不是會脫口而出『好好吃啊』，泡在溫泉裡不是會情不自禁地發出『啊——』的聲音嗎。」

「嗯，確實是這樣。」

良大回答，心裡愣了一下。

「感覺就像換作平常，會卡在大腦那個篩子的細小網目裡，不會輕易說出口的話，就這麼橫衝直撞地化成聲音，脫口而出。對於觀光景點來說，自己只是外地人，所以可以反射動作地想到什麼就說什麼，非常痛快。嗯，我也是現在才知道原因。」

「吉川先生。」

良大放下筷子說。

「我現在或許就是這種感覺。」

「咦？」

今晚說的都是以前把吉川當成上司來往時沒說過的話。正因為處於訊息和背景都消失殆盡的情況下，才能想到什麼就說什麼。

「所以我現在很開心。」

聽良大這麼說，吉川微笑以對：

「謝謝你。」

感覺他這麼說的表情也跟平常與「沒問題」同時出現的表情不太一樣。

「人類大概——」吉川喝下一口日本酒，「需要一點可以想到什麼就說什麼，與任何人沒有任何關係的時間。」

哐。酒杯底部敲在桌面上。

「只可惜現在根本沒空去任何地方。」

吉川說，良大沒有忽略他的表情正逐漸恢復成往常的微笑。

「吉川先生——」

良大又接著開口。心想乾脆趁現在這種氣氛全部問清楚算了。

「為什麼這麼溫柔？」

平常被篩子卡住，說不出口的話正傾瀉而出。

「你總是說沒問題，不管在公司，還是在家裡，是不是太溫柔了？不覺得這樣很辛苦嗎？」

良大凝視吉川的雙眼。沉默持續了幾秒鐘後，吉川回答：

「有嗎。」

「久等了！這是花魚。」

根本沒點的大盤魚「咚！」地一聲放在桌上。「我們沒點這個，你是不是送錯桌了。」吉川客氣地告訴對方，店員也精神抖擻地道歉。光看畫面，反而像是吉川做錯了什麼。

他真的很溫柔。良大用力搖晃腦中的篩子。

「那個，請問我可以再問一個問題嗎？」

篩子的網目正逐漸融解，洞變得愈來愈大。

「前陣子，有次因為颱風，你卡在大阪回不來對吧？」良大說。

吉川的表情又出現了過去不曾見過的反應。

「對呀。」

「那天你本來要去拜訪的店應該沒開吧。」

吉川沉默半晌，立即點頭回答「對呀」，他的反應看起來已經放棄搞清楚良大為什麼會知道這件事了。

「那天你一個人在大阪做了什麼？」

良大只是單純地好奇，好奇一旦時間突然空下來，這個人會做什麼。吉川在公司是要解決各種刁鑽問題的上司，在家裡是家有叛逆期子女的父親，同時也是必須照顧年邁父母的兒子、必須支持病弱妻子的丈夫。當這些象徵自己的條件全部消失時，這個人會做什麼呢。

「那天……」

那一瞬間，感覺吉川的身體似乎微微地顫抖了一下。

「久違地感覺像是心血來潮地出門遠行。」

5

「咕嚕……」有菜的肚子叫了一聲，而且馬上又「咕嚕咕嚕……」地叫了好幾聲。

「也太大聲。」良大忍不住笑了。

「因為人家從早上就什麼都沒吃嘛。」

每次聽到女人說這種話，良大都很佩服她們居然能餓著肚子展開一天的工作。尤其是在直播平台拚命賣東西的女人，經常到了傍晚才若無其事地說：「這是我今天第一餐。」當時她們手裡拿的不是麥片就是優格，從男人的角度來看都是些絕對吃不飽的東西，所以簡直是雙重驚嚇。

「前面如果有休息站，要下去嗎？」

「要要要。」

有菜像個孩子似地歡呼。陽光從窗外灑進來，照亮她的側臉。良大看著她的皮膚，猜想她說不定快四十了。

今天早上，良大起床的時候，美嘉已經出門了。美嘉一定會吃早餐。尤其像今天這種放假還要去上班的日子，為了讓自己打起精神來，好像還會吃些平常盡可能不碰的甜食。

大概是順便做的，桌上還有留給良大的法國土司。看了一下LINE，上頭寫著：「只要不出差錯，八點前應該可以回到家。明天不用上班，想跟你一起吃晚飯，約在東口的義大利酒吧如何？」今天是送子鳥飛來的日子，從共進晚餐開始醞釀氣氛，再喝一點小酒——良大可以清楚地感受到美嘉精心策畫的氣勢，幾乎吃不出法國土司的味道。

了解。良大邊回訊息，邊推算回家的時間。他預計九點半去取車，假設中午以前抵達鬼怒川的溫泉旅館，可以和有菜來上幾發呢。星期六的太陽毫不留情地照亮了自己對於思考這件事沒有任何罪惡感的醜陋心思。

提供飲食的休息站標識映入眼簾，良大迅速變換車道。停好車，正要下車時。

「好舒服啊！」

良大喊出聲音來。感覺離平常生活的城市愈遠，腦內負責篩選字句的網目就愈來愈大。

建築物外面一家挨著一家的攤販飄過來的香味成了致命一擊，良大的肚子也叫起來，好像早上根本沒吃過東西一樣。醬油、奶油、沙拉油和總之一定好吃的東西組合成誘人的香味。良大甩開那些香味的誘惑，走向建築物裡的美食區。

「休息站的食物為什麼看起來都這麼好吃啊。」

「對吧，真令人難以抉擇。」

用水杯占了位置，兩人像逛美術館般在美食區裡逛一圈。拉麵、咖哩、大阪燒、章魚燒、豬排飯、漢堡……琳琅滿目的菜色宛如一定能正中好球帶的投手，讓人興致高昂。

「柴克，你要吃什麼？」

人在右手邊的有菜問他時，感覺站在良大左側的女性好像看了他一眼，然後一臉無法接受的表情把臉轉回去。

或許因為才十一點，店內還沒客滿，餐點也一應俱全。良大選了豬排咖哩飯，有菜則點了月見烏龍麵。雙手合十地說出「我要開動了」時，唾液頓時充滿整個口腔。

「好吃。」

吃下一口，忍不住讚歎。腦內的篩子幾乎已經沒有網目了。

「分我一口。」

有菜用免洗筷夾走一塊豬排。這種不知客氣的態度也很迷人。

「啊，外皮比想像的酥脆，好好吃。」

「我說的沒錯吧。」良大也把筷子伸向月見烏龍麵。隔著一張小桌子，有菜笑著說：「不可以拿走我的豆皮哦。」

隔著桌子面對面坐著，在腦內篩子失去作用的情況下聊天。良大忽然想起在前一家公司上班的最後一天，晚上與吉川單獨去喝酒的景色。不過，有一點與當時的狀況截然不同，那就是包括本名和年齡在內，他與有菜真的對彼此一無所知。

之所以喊有菜為有菜，是因為剛認識有菜的時候，想到他喜歡的成人片女星橋本有菜如果老了，又比現在胖三十公斤，大概就是這副德性。在徵求砲友的留言板寫下的身高、體重、年齡只是數字，不代表任何意義，而且那些數字也多半都是騙人的，所以實際見面的時候，依舊無從得知那個人之所以是那個人的一切背景資料。

正因為如此，才能在見了面幾十分鐘後就裸裎相見，才能坦誠地告訴對方，自己想怎麼玩。

柴克・艾弗隆是有菜喜歡的演員，所以她為良大取名為柴克。不是因為他們長得像，只是因為喊自己身邊的人為柴克會讓有菜感到興奮。每次有菜喊柴克時，良大都很高興又找到一個能瞧不起有菜的要素，都這把年紀了，喜歡的演員居然是柴克・艾弗隆[3]。

此時此刻在這裡的就只是柴克與有菜，既不知道彼此的本名或家庭成員，也不知道彼此過去經歷過什麼樣的人生、現在住在哪裡、從事什麼工作。

正因為如此，才能無話不談，什麼性愛遊戲都敢要求。

「啊，好好吃啊。我去一下廁所。」

有菜站起來，桌子輕微晃動，杯子也晃了一下。美食區的人口密度逐漸提升，對應到有菜的身材，顯得更加狹小。

啊。良大想到一件事，叫住有菜。

「對了。」

「我知道，」有菜轉過頭來，「我不會用溫水洗淨。」

有菜並沒有特地壓低音量，頓時令良大有些焦慮，擔心坐在隔壁桌的一家子會不會聽見，隨即告訴自己，就算聽見又怎麼樣。

因為在這裡，任何人與任何人都沒有任何關係。

良大望著有菜壯碩的背影消失在有如海浪般的人潮裡。

在這個介於觀光景點與觀光景點之間，無名街道上的白色建築物裡，每個人都在做自己的事，有人在吃午飯、有人看著菜單猶豫不決、有人在買伴手禮、有人在找廁所、有人正要回車上。

3. Zac Efron，美國男演員，以演出迪士尼原創電影《歌舞青春》而成名。

這裡的人，我一個也不認識。

這裡的人，一個也不認識我。

——人類大概需要一點可以想到什麼就說什麼，與任何人沒有任何關係的時間。有個聲音在腦海中甦醒。

——啊！

腦海中有個不肯消失的聲音。

——好痛！啊啊！我不行了！好痛！我已經不行了！好痛！啊啊啊啊啊！

「久等了。」

有菜拿著霜淇淋回來，笑得雙下巴搖來晃去。說是在進入建築物以前，就被外面賣的紫薯霜淇淋吸引了。有菜與霜淇淋，這個組合實在太妙了，良大走向停車場的一路上都在捧腹大笑，猛一看甚至會以為他吃錯藥了。

這也無所謂。如果是在這裡，跟這個人在一起的話。

「好甜！這個超好吃的。」

有菜每走一步就嘩啦嘩啦地篩落任何篩子都攔不住的話語。「紫薯味好濃！」分一口來吃的良大也做出相同的反應。

良大用口腔內的熱度融化霜淇淋，稍微放慢走路的速度，客觀地凝視有菜的背影。

他與有菜是在偏好口交的人聚集的留言板認識。

舔拭對方的全身，同時也讓對方舔拭自己的全身，從以前就比插入的行為更能帶給良大快感。他其實想舔遍美嘉全身上下每一個角落，不只是乳房或生殖器等顯而易見的敏感帶，耳朵、腋下、肚臍、腳趾、眼睛、手掌、膝蓋內側……想把覆蓋全身的皮膚幾乎剝一層下來舔拭，想盡情享受美嘉肉體本來的味道。美嘉愛乾淨，不僅做愛前一定要沖澡，甚至連接吻前都要刷牙。良大一直想品嘗美嘉最原始的風味。問題是美嘉不僅做愛前一定要沖澡，而且本來就不喜歡身體被舔拭，因此隨著交往時間久了，知道彼此的人生，知道彼此是什麼樣的人，更不敢告訴對方自己在性欲底層捲起驚濤駭浪的火熱希望。

「啊，來了來了，頭好痛啊。」

本名及年齡皆一無所知的女人正在初次造訪的街道上前進，正往已經不記得車主長什麼樣的車子前進。

明明他對美嘉的事瞭若指掌。

他和美嘉在大學社團認識，透過每一季舉辦的活動及旅行逐漸縮短彼此之間的距離。聚餐時不經意感受到的孤獨、將來想從事能給社會帶來衝擊，具有影響力的工作、真的很討厭那個指東畫西，自以為是領隊的傢伙——彷彿什麼都可以告訴美嘉，感覺很不可思議。也曾經瞞著大家一起學英文，嘲笑看似對將來毫無計畫的同學。變成可以稱之為摯友的關係後，很快就發展成交往，是學弟妹口中人人稱羨的情侶。婚禮上，同學和學長姐、學弟妹全都到齊了，尤其是續攤，簡直熱鬧非凡。居然能遇見人生的一切皆如此契合的人，良大感到觸電般的幸福。

到底是從什麼時候開始，心裡長出了說不出口的話。

婚前互相坦白存款金額與收入的時候，兩者都是自己比較多，這其實帶給他非常大的安全感。告訴對方想從事能給社會帶來衝擊、具有影響力的工作時，也覺得肯定是自己的工作高人一等，深信今後的收入絕對不可能輸給美嘉。別說是淋浴了，其實就連免治馬桶都不希望她用，因為品嘗汗味及體臭等人類本身的味道才最令他興奮。

到底是從什麼時候開始，發現與美嘉聊天時，腦中的篩子網目會縮到最小。

「人一吃飽就變得想睡了。」

上車同時，有菜把最後一口甜筒塞進嘴巴裡。良大對眼前這個世界上最可以暢所欲言的人一無所知。

6

跳槽之後的公司與想像中不太一樣。

首先令他跌破眼鏡的是，以快刀斬亂麻的速度介紹良大進公司的朋友，在良大錄取後就辭職了。在臉書上寫下一堆諸如「讓我以業界人的角度來說，走在成長領域最尖端的工作，成就感真不是開玩笑的」或「在足以改變世界的電子商務業界工作，應該可以培養分析世界的觀察力」這類冠冕堂皇的話，自己卻一直在準備出國留學的事。聽到當事人說：「不管是年齡還是體力上，我認為三十五歲都是勇於挑戰的最後機會了。」良大想起替吉川拜訪客戶的回程，在電車上瀏覽的手機畫面。

本想以半開玩笑的感覺告訴對方「我和你一樣大耶」，終究沒有說出口。本想以戲謔的語氣說「你是因為自己要辭職，必須找人代替你吧」，終究還是打住了。

如此這般，把反射性就要脫口而出的話吞回去，良大每天都在把這項技術愈磨愈光。

只要同時輸入信用卡資料和電話號碼，就能利用二維條碼以電子錢包付款的應用程式。良大的工作就是拓展願意使用這個系統的商店。剛進公司時，確實很容易爭取到合約。在考慮要不要進這家公司時，曾經令他猶豫良久的收入及福利問題，也因為業績獎金會隨爭取到的合約加乘，不再耿耿於懷。忘了是什麼時候，當美嘉開始請教他電子商務業界的流行，做愛的次數也增加了。

進公司兩個月後，已經在中國家喻戶曉的二維條碼支付程式Every Pay與手機公司的龍頭合作，一起進軍日本。

簽約店鋪數量轉眼就被對方追過。在中國的實績成為Every Pay巨大的後盾，非常有說服力，原本可能會與自家公司簽約的商店也一一改與Every Pay簽約。良大旁觀公司裡的氣氛一下子就低落到谷底。

——好痛！

打開臉書，與良大一前一後辭職的朋友上傳在大峽谷拍的照片，良大留言：「看起來好開心，那我就放心了。」

——好痛！啊啊！

上司小杉出去跑業務的次數逐漸減少，持續把工作交給良大等年輕人，說：「你們需要累積經驗。」而良大回答：「我會全力以赴！」

——好痛！啊啊！我不行了！

美嘉終於認真地想要生小孩了。她的理由是工作開始上軌道，產生了想在直播平台業界長長久久做下去的念頭，所以想趁還有體力的時候生一生，好快點回到工作崗位。良大告訴她：「茲事體大，我們花點時間慢慢討論吧。」

——好痛！啊啊！我不行了！好痛！

簽約店鋪數量銳減，沒了業績獎金，收入變少，但良大不敢對美嘉說。導致就連騎在美嘉身上，生殖器也遲遲不肯有反應。美嘉居然向他道歉，良大也充滿歉意地說：「我也不知道為什麼，或許是太累了。」放棄性行為，逼自己睡覺。

——好痛！啊啊！我不行了！好痛！我已經不行了！

同時發生太多事。對那些事真正的想法、真正的感受只能在體內靜靜蒸發。每次蒸發都會陷入有個不認識的人在體內幫自己尖叫的感覺。

與美嘉相隔許久單獨約會的時候，美嘉要他下載夫婦倆可以一起使用的備孕應用程式。兩人坐在露天咖啡座喝下午茶附的咖啡時，美嘉讓他看手機畫面說：「就是這個。」美嘉的手機已經下載了那個應用程式，良大沒理由拒絕。

婚前開誠布公地討論過彼此的銀行存款與當時的收入，婚後卻是各管各的帳。房租及水電瓦斯費等家用支出分成七比三，由良大多出一點，日常用品及伙食費則反過來，由美嘉負擔七成。至於現在的收入，除了約好的支出以外，要花什麼錢、要花多少錢則互不干涉。

良大看著近在眼前，為他解釋備孕的應用程式該怎麼使用的美嘉，就像看到窗外一望無際的遠景。猜想她大概加薪了，妝容和衣服都比以前高級，大概就連常去的美容院也換成比較好的。她的工作不僅充實，也充分反應在薪水上。

與自己正好相反。

「良大，你在聽嗎？」

美嘉問他的同時，「Excuse me」的問句讓他們同時抬起頭來。

兩個拖著行李箱的亞裔女性站在聲音的來處。良大本來還以為是歐美觀光客，所以看到她們恐怕是中國人或韓國人的長相時，愣了一下。

將來想從事能給社會帶來衝擊、具有影響力的工作——彼此暢談夢想，瞞著同學學英文的歲月。美嘉好像很早就放棄了，但良大還繼續偷偷學了一陣子。

機會來了。一想到這裡，良大確實感覺自己的胯下微微冒出了久違的反應。

問題是那兩個女人的英語和日語都很差，根本聽不懂她們在問什麼。難得有比美嘉優秀的地方——就在良大開始不耐煩抖腿的時候。

「Korean？Chinese？我會說一點中文，用中文說吧。」

美嘉站起來，講出並非英文的語言。

良大看著流暢地與兩個女人用中文溝通的美嘉，感覺又像看到遠方的景色。這時總算發現美嘉細緻手腕上戴的手錶也換新了。

過了好一會兒，兩個女人揮揮手，說了聲「謝謝」，拖著行李箱走了。美嘉鬆口氣坐下，嫣然一笑：「她們是中國人，在找可以寄放行李箱的地方。」

美嘉告訴過他，直播平台在中國廣受歡迎，打算邀請亞洲圈的網紅來日本，但他完全沒想到，基於長期的策略，美嘉學的不是英語，而是中文。

衝擊。影響力。自己從這些詞裡不假思索地選了英語，不假思索地一路學下來，背後既沒有長期的策略，也沒有目的。

「好期待等一下要看的電影啊。我早就想看那部電影了。我們已經很久沒看愛情片了，對吧。」

美嘉說，似乎下定某種決心，壓低音量說：「好久沒有一起約會了。」

美嘉緊緊握住良大放在桌上的手。交扣的十指比起戀愛中男女的肢體接觸，看起來更像是只能求神拜佛的人類祈禱的姿勢。

上天並沒有聽見他們的祈求。從那天起，良大再也無法對美嘉勃起。

抱歉。我也不知道為什麼。那天晚上，良大不斷重複這兩句話。但他其實再清楚不過，這是因為他明確地意識到美嘉的收入和專業技術都比自己優秀。所有的原因都在於自己器量狹小、自尊心比誰都強、內心卻醜惡無力。感覺小弟弟站不起來的事實，其實也象徵著自己一路走來的人生。愈是這麼想，生殖器就對美嘉愈沒有反應。

「沒問題的，良大。」

——好痛！啊啊！我不行了！好痛！我已經不行了！好痛！

「沒問題，慢慢來，加油。」

——好痛！啊啊！我不行了！好痛！我已經不行了！好痛！啊啊啊啊啊！

7

之所以會在共享汽車軟體提供的多輛車子中選擇這輛，是因為備註欄裡寫了「有車用窗簾」。當時或許就已經想到，說不定撐不到預約好的溫泉旅館。

啊……忍不住發出聲音。

有菜不斷地吮吸自己的陰莖，良大凝視她的鼻梁，怎麼也看不膩。在所有的口交性行為中，有菜最喜歡吮吸陰莖，要是不阻止她，可能會吸吮到天荒地老。但她會利用輕重緩急的節奏，絕不讓對方輕易達到高潮。看見男人在快感中渾然忘我的神態，似乎給她的嗜虐心帶來了莫大的刺激，所以總是點到為止，顯然是想盡可能拉長享受的時間。

脫口而出的聲音，從不成文字的喘息變成帶有「我不行了」等意思的語句。

感覺像是掌管大腦快感的部分直接被撫摸，良大忍不住主動擺動腰部。兩人根本撐不到旅館，直接移動到後座開戰。從後座抬頭仰望車頂淺灰色的天花板，比起隔著擋風玻璃看到的藍天更沒有一絲陰霾。

印象中，初次見到有菜的賓館好像也是這種顏色的天花板。

儘管是充滿香菸與灰塵氣味的廉價旅館，有菜應良大的要求，可以的話內褲和襪子都不要換，穿著生活三天的體臭完全不比滲入房間的味道遜色。

「這不是廢話嗎，畢竟我的活動量比普通粉領族大多了，又容易流汗。」

那天，良大的律動大到彷彿五感全都失去控制，做了所有不敢對美嘉做的事。無論是沒完沒了的舔拭，幾乎要把對方全身的皮膚撕下來，還是想把臉埋在臭氣衝天的部位，有菜全都欣然接受。

探索完彼此的全身，以插入結束這一回合，兩人在床上躺了一會，想說既然都延長時間了，就不要浪費。良大感覺飢腸轆轆，比跟美嘉上床後還要餓好幾倍。在肚子活像高中生咕嚕咕嚕叫的背景音樂下，他問有菜做的是什麼工作。

有菜丟出一句開場白：「我剛才不是說，我的活動量比普通粉領族大多了嗎。」然後才說她在老人院工作。

聽到這裡，良大下意識地用力握緊有菜看不見的那隻手。

有菜的年紀大概比自己大，身形肥胖，社會地位比自己低。對這傢伙而言，我的身體應該是彌足珍貴，從天上掉下來的禮物。

「大家都是這種反應耶，」有菜對一聲不吭的良大說出牛頭不對馬嘴的回答，「既然這麼辛苦，為何要選這份工作？大家好像都想這麼說，可是又不好意思說。」

她大概以為良大的沉默是這個意思。有菜自顧自地喋喋不休。

「可是啊，我也沒有其他更想做的事。像我這種沒學歷的人，只有一些薪水大同小異、內容也大同小異的工作可做。只有接觸的對象不一樣，其他都一樣。既然如此，還不如選擇最不討人厭的對象。小孩和大人都很討人厭，但是對行將就木的老人生氣也沒用，因為他們就快死了，而且一定會死。」

良大聽有菜傾訴，感覺操到快麻木的陰莖又即將重振雄風了。

面對工作和收入都絕對威脅不到自己的有菜，良大感覺無所畏懼。不管是小鼻子小眼睛的自己、無謂的自尊心、醜陋的心，在有菜面前都變成興奮，真不可思議。

良大發出欲仙欲死的聲音，那個聲音又傳回自己耳裡。因為實在太舒服了，想放聲嘶吼的狀況本身令大腦興奮不已。良大愈喊愈大聲。腦中的篩子網目已經全部融解了。純粹基於快感的聲音，從面對小杉只會說對不起的口中，如倒水般地傾瀉而出。

拋開篩子。所以才會那麼爽。比起肉體受到的刺激，拋開腦中篩子的暢快感更讓人欲罷不能。

啾地一聲，響起A片才會出現的聲音。

「好誇張的聲音。」

不知何時已經從後座滑到地上的有菜說。看來她是從地上進攻躺在後座的良大。

「外面都聽見了。」

良大回答：「或許吧。」用唾液滋潤了因為一直叫而變得乾渴的口腔。車子停在休息站一隅隱密的角落，就算發出一點聲音，應該也沒關係。

「在別人的車上做還不賴，好興奮。」

還以為有菜又要跟平常一樣，又要含住他的陰莖。

「發生什麼事了？」有菜突然問他，「你看起來好累。」

這裡倒是超有活力的。有菜彈了一下被自己口水濡溼的龜頭。那畫面實在太荒唐，良大忍不住笑了。

「發生什麼事了？」

有菜又問了一遍。不知為何，竟然有那麼一瞬間在她臉上看到美嘉的影子。

——沒問題吧？

昨天晚上，美嘉確認過飛落在備孕應用程式中的送子鳥問。被問到有沒有問題的時候，是人都只能回答沒問題吧。就像吉川先生那樣。

「人生在世，一定會發生很多事啊。」

例如今天回家，面對美嘉肯定也無法勃起。例如為了給無法勃起的自己一個正當的理由，才想與有菜幽會，把子彈全部耗盡。例如對故意說話帶刺的小杉感到深惡痛絕，想打爆他的頭。例如受不了只因為這種小事就深惡痛絕的幼稚自己。例如星期一進公司，大概就會收到餐車公司正式拒絕簽約的信。例如 Every Pay 即將在二維條碼支付的業界拔得頭籌，是已成定局的事。例如繼續待在這家公司也沒有前途。例如再沒有前途，事到如今也不會想再從零出發，創造出「將來能給社會帶來衝擊的工作」。

只不過，晚上還是得面對工作結束，表情很充實的美嘉；星期一還是得面對餐車負責人寄來的信與小杉的質問。繼續往前走不是因為想前進，只是因為無法停下來，如此而已。

「真不想回去啊。」

被有菜唾液濡溼的陰莖正逐漸冷卻。

「真不想看啊。不管是公司配給的手機，還是美嘉的臉。」

已經冷卻的陰莖就像拔掉插頭的電器，完全萎靡不振。

「其實大家都知道，已經到極限了，已經不行了。」

已經到極限了，已經不行了。

「可是所有的話都卡在篩子上，誰也不敢說什麼。」

好痛！啊啊！我不行了！好痛！我已經不行了！好痛！啊啊啊啊啊！

彷彿聽見聲音。

良大坐起來，拉起內褲和長褲，坐在後座的車底板上，這次要有菜躺在後座。感覺有液體因為變換姿勢而從尿道漏出來，良大脫下有菜的衣服。貌似期待這一刻已久的有菜也出手幫忙，豐滿的肉體瞬間就像去皮的枇杷一樣光溜溜的。

良大爬上後座，趴在有菜身上。汗涔涔的皮膚散發出食物腐敗的臭味。

雖然想立刻伸出舌頭去舔發出臭味的源頭，但是為了讓自己重新亢奮起來，良大決定從離那裡最遠的地方開始進攻。有如幫她挖耳屎似地用舌尖探索右耳的皺褶，邊用左手的食指刮搔左耳內部，再以空著的右手輕撫她的頭，有菜開始在良大的身體底下蠕動。有菜的頭也是敏感帶，真令人意外。

良大彷彿要用溼潤的水彩筆完成畫作，舌頭滑過每個角落。臉、脖子、腋下、手臂……讓水彩筆畫遍大概還沒被其他人上過色的地方，就在終於來到上半場的高潮，也就是胸部的時候。

瘀青。有菜右側的肋骨那邊有塊瘀青。

「不是你想的那樣哦。」

有菜對停止動作的良大說。

「不是挨打的傷痕。」

我目前沒有固定的男朋友——有菜又往錯誤的方向解讀良大的沉默了。良大只想破口大罵——妳從來沒有固定的男朋友吧。

「痴呆的爺爺奶奶都很凶暴，而且力氣超大。上週肋骨狠狠地挨了一記肘擊。」

良大撐起上半身，離遠一點觀察瘀青。與此同時，好像聽到車外的聲響。

「有趣的是，這時就算露出火大或想殺死對方的表情也沒關係哦，反正對方已經痴呆了，看不懂。」

關車門的聲音、喇叭聲、用遙控器解鎖的聲音。

「可是不能說出口哦。不是因為爺爺奶奶很可憐，而是萬一被來探病的客人錄下來，放到網路上就慘了。」

加油站員工的聲音、小孩子尖聲怪叫的噪音、各式各樣的腳步聲。

「可是啊，真的很痛耶。任誰挨了一記肘擊，一定會反射性地大聲喊痛吧。就連這時也要強迫自己閉上嘴，把話抹滅在頭顱裡，害我覺得自己愈來愈醜。」

妳本來就醜。良大心想。

「雖然我本來就是醜八怪，」有菜笑著說，「我不像你做過要打電腦的工作，所以不清楚。」

良大豎起耳朵。

「但大家好像都一樣。」

聽見聲音。

「明明很痛，卻不能說出來，只能拚命忍耐。」

抽打肉體的鞭子、在快要窒息的狀態下忍不住掙扎的手腳、插進肛門的電擊棒。

「年紀愈大，愈不能在受傷的時候露出受傷的表情、在想哭的時候哭。」

聽見聲音。

「看電視的時候也是，電視上淨是些一看就知道在說謊，卻又不得不一直說謊的政治家，還來不及生氣，就先覺得其實大家都很辛苦。我大概知道為什麼有成就的人性欲比較強。因為有了成就以後，身邊的人也變多了，除了做愛以外，再也沒有別的地方可以想到什麼就說什麼。」

總覺得啊……有菜用手掌蓋住雙眼。

「明明痛的時候只要喊痛就好了。」

好痛！

啊啊！

我不行了！

好痛！

我已經不行了！

好痛！

啊啊啊啊啊！

「唉……」

有菜坐起來，稍微掀起窗簾一角。

「小鬼哭得好厲害，肯定摔得很慘。哎呀呀，看樣子一時半刻是停不下來了。」

耳邊傳來小孩哭叫的聲音。好痛，啊啊，好痛。坐在地上，滿臉淚痕地大哭大叫。要是狠狠地摔在停車場的水泥地上，一定很痛吧。所以才會哭。因為痛，所以哭。

吉川先生也只是想這麼做而已。

就像在心血來潮出門遠行的地方，想到什麼就大聲說天空好美啊！這個好好吃啊！必須將沒前途的服務導向成功，必須繼續照顧女兒妻子父母，考慮到家人，既不能辭職也不能換工作導致收入減少……有太多事令人痛苦了，明明很有問題，明明已經繃到極限，明明已經不行了，也只能堅持下去。

肯定想說他已經痛得不得了了。想大聲喊出心中所想。

「啊……」

良大把臉埋在有菜的雙腿之間。

「啊啊啊……」

「喂，你的聲音在發抖耶。」

有菜笑了，抖動傳到良大身上。

「起初簡直不敢直視，可是一旦習慣，又不停地想吐槽『既然會痛就停止啊！』笑到流淚^^」

你們錯了。

「會不會根本不痛啊？畢竟那種人對於痛的感覺跟正常人不一樣。」

吉川先生肯定也覺得很痛啊。

「我也算是踏遍很多風月場所了，實在不懂痛覺到底要怎麼變成快感。與其這樣不如去找人妖還好一點。」

吉川先生才不會把痛覺當成快感呢。大概不會。

痛的時候就能大聲喊痛的話，一定很舒暢吧。

真希望我的世界裡能有一個人，聽到我痛的時候就大聲喊痛、繃緊到極限的時候就大聲說已經繃緊到極限、已經不行的時候就大聲說已經不行，能有一個人在這些時候也不會感到驚訝。

「啊……啊……啊……啊啊啊啊。」

放聲大喊。

好痛，好痛，好痛，好痛。

好希望能痛的時候就喊痛。

好希望能痛的時候就喊痛。

好希望能痛的時候就喊痛。

「啊啊啊啊啊啊啊啊。」

良大放聲大喊，可是有菜並不驚訝。

耳邊傳來放聲大喊的聲音，可是良大並不驚訝。

只要有個當自己不再壓抑地大哭大叫，也不會感到驚訝的人陪在身邊，人或許就能活下去。即使自己與那個人沒有任何關係也無妨。

籤

1

二分之一。

「長居靜香」這四個字在行動電話的螢幕閃爍時，美野里腦海中浮現這個數字。就連這樣的夜晚也浮現代表機率的數字，美野里真想好好犒賞自己一番，但是身為鏡泉廳的樓長，由不得她這麼任性。美野里自言自語：「啊，啊……我是鍋倉。」確定自己能發出同事聽得見的聲音。

長居是很優秀的打工人員，別說曠職，就很病假也很少請。可是會接到打工人員打來的電話，最好做好心理準備，因為只有兩種可能，「我想請假」及其他。

兩種可能。二分之一。百分之五十。

宛如兩張細長的紙片在眼前翩然飛舞。眼周還圍繞著被淚水濡溼的灼熱部分，與淚水已經風乾的乾澀部分。

就連上蒼應該也沒這麼壞心眼，突然要處於這種狀態的人隔天去上班吧。

美野里向上天祈求，想起就在幾個小時前，自己才抽中機率只有二百四十九分之一的下下籤。

神啊。

這次的機率是二分之一、百分之五十。

美野里伸出象徵選擇的手指，按下通話鍵。

求求你。

「喂，我是鍋倉。」

報上名字之後，側耳傾聽長居的第一句話。打工人員突然打來的電話，比起開口的第一句話，從音色就能大致猜到是兩種可能的哪一種。

美野里以慢慢攤開手裡籤詩的心情，靜待長居說出第一句話。

▧

「有客訴。」

無線電傳來以女性而言略為低沉的嗓音。副樓長弓木世志乃的音域即使透過無線電這種機械也能聽得一清二楚，真是謝天謝地。

「I排23號的客人投訴。已經提醒前一個座位——H排23號的客人不要再往前傾了，以後也請多加留意。」

「了解，謝謝妳。」

美野里臉上還掛著笑容，只動了動嘴角回答。無論由誰處理來自客人的抱怨，都必須透過無線電通知整層樓的工作人員。因為客人特地向工作人員投訴的問題，不見得光靠三言兩言就能順利解決，通常會在長時間的公演中又在哪裡死灰復燃。為了到時候不管由誰出面都能立刻進入狀況，必須事先詳細地分享哪個座位發生過什麼樣的糾紛。

美野里將世志乃的報告寫進自己腦海中的座位表，I排23號的位置。這個月是老主顧「忠實劇迷」與不是那麼常來的客層混雜的期間，可以想見客訴多半不是空調設定或待客態度等服務上的問題，而是觀眾間的糾紛。出入鏡泉廳就像走進自家廚房，對作品的愛一發不可收拾的忠實劇迷，與熱愛音樂劇的觀眾各有各的難搞之處，但這個月突然變多的偶像粉絲從另一個角度來說更令人傷腦筋。對演員個人的熱情比對作品更強烈，觀劇的時候很容易往前傾，或是演員從台上走下觀眾席表演的時候，會想要伸手去摸演員的身體。

與負責二樓賣場的工作人員檢查過商品的庫存，美野里下到鏡泉廳入口所在的一樓。屬於稀有動物的男性工作人員藤堂海邊整理架上的傳單，邊說：「歡迎光臨。」

門口有個女生正在用手整理頭髮。

藤堂還是腳底長根似地杵在架子前。

「這位客人。」美野里擠出更燦爛的笑容打招呼。盯著手中票根東張西望的女生抬起頭來。

「我為您帶位。需要幫您把大衣掛起來嗎?」

有些作品為了演出的效果,開演後會有一段時間不能開門。因此遲到或一度離開再入場的觀眾都要由工作人員帶位。

藤堂也知道這件事。

「請讓我看一下您的座位號碼。」

美野里請貌似還不太習慣看舞台劇的女生出示票根。一樓U排41號。離R1號門最近。如果是第一幕的這個時間,應該可以開門讓她進去。

「請跟我來。」

掌心用力,慢慢地推開具備隔音功能、又厚又重的門。美野里每次聽到開門時的傾軋聲,都會產生一股宛如勇者做好心理準備,要闖進透明結界隔開的異世界的心情。

「請留意您的腳步。」

美野里用小型手電筒照亮女生腳邊,小聲提醒。以滑步的方式前進,盡可能降低腳步聲,以免干擾到其他觀眾。同時也把身體壓低到極限,以免擋住任何人的視線。

啊。

那一瞬間，美野里險些停下腳步，女生應該沒有察覺到任何不妥。美野里下意識加快腳步。U排41號。通道把觀眾席切成一塊一塊，美野里以熟悉的公式在腦海中計算，要從通道的左邊還是右邊帶位才是最短距離。U排41號是右邊數過來第二塊，從右邊進去是第五個座位，從左邊進去是第七個座位，所以帶她從右邊走。

「就是這裡。」

美野里從該區塊的右側指向U排41號，把空位當成自己的位置使用的觀眾一臉不滿地將行李移到腳邊。剛負責帶位的時候，當自己帶位的位置被行李堆滿時，還以為是自己沒有說清楚，為此狼狽不已，但是當上樓長已經第四年的此時此刻，非但不再懷疑是自己的錯，也不再對擅自占用空位的自私行為感到不耐煩。

「謝謝。」

女生小聲道謝，用身體強行分開接下來要從前面經過的四位觀客意在言外的險惡氣氛。

確定女生順利入座之後，美野里再次壓低身體，撥開從舞台上傳來的音量走向R1門。

呼……地呼出一口氣。

前傾的角度沒有去的時候大。剛才倒也沒有特別不舒服，只是遲早連這個動作也會無法輕易辦到吧。

美野里聽見背後的舞台傳來年輕男性的聲音，感覺演員本人自以為說得落落大方的台詞其實很害羞。這次的主角平常是偶像團體的一員，才二十出頭，很受歡迎。不愧是已經習慣站在台上的人，但或許還來不及學會舞台式的發聲技術，台詞無法一字一句地遍布到規模號稱東京都內最大的鏡泉廳每一寸空間。

手放在R1門的把手上，用點力，被厚重的門隔開的密閉空間發出龜裂的嘰嘎聲。

「鏡泉廳」的名字取自「鏡泉集團」，這家企業的歷史可以回溯到江戶時代經營的和服店，一九〇〇年初期改制成股份有限公司的鏡泉集團，如今是在全國經營許多百貨公司及車站大樓等商業設施的大企業。基於商業特性，世人也期許他們除了展店以外，也能活化整個街道，因此多半會在規模特別大的百貨公司附近經營劇場及音樂會場等文化設施。不僅如此，也與在百貨公司設櫃的各家食品公司合作，開設餐廳，在鏡泉旗下打造出可以一次搞定購物、觀劇、用餐等，一般人假日從事的休閒活動的空間。

美野里工作的鏡泉廳即為其中之一，包含二樓、三樓在內，能容納一千兩百位觀眾的劇場一年四季都處於排滿公演的狀態，以平日白天也能來觀劇的四十歲以上女性為主要客層。近幾年來因為音樂劇重新受到關注，感覺客層有擴大的趨勢。如果是熱門劇目，無論是哪個領域的作品，門票通常開賣就會被搶購一空。

離開觀眾席，關上門，頓時神清氣爽得像是走出三溫暖。無論舞台上的作品是好是壞，一千兩百人的注意力同時集中在劇場裡的張力還是令人嘆為觀止。

儘管目前正在上演的劇目不是音樂劇，而是話劇，三週的門票還是在開賣當天就賣完了。本劇是舉世聞名的舞台導演落合俊一郎執導的最新力作，再加上由當紅偶像御手洗慶初次挑戰正式舞台劇，在兩個領域都掀起話題，相互作用下，門票的搶手程度為平均四個人才能抽到一張，負責本案的菅田樂得都要尖叫了。

四個人才能抽到一張，抽中的機率為四分之一。

四分之一。百分之二十五。

「鍋倉小姐。」

回頭看，世志乃充滿歉意地撇下修剪得很精緻的眉尾。

「對不起，我本來想盡可能由我們帶位。」

對不起。世志乃畢恭畢敬地又道了一次歉。二十九歲就當上副樓長，在歷史悠久的鏡泉廳中也算是特例。

「像這樣壓低身子走路差不多也要開始覺得吃力了吧。長居小姐身體不舒服也沒辦法，但她應該要稍微為鍋倉小姐想一下，不該請妳替她代班。」

美野里知道世志乃的視線正落在自己的腹部。

「快六個月了吧？」

世志乃肯定為她調查過懷孕每個階段會出現的症狀，否則就連美野里本人也沒想到，用前傾的姿勢為中途進場的客人帶位差不多要開始覺得吃力了。

「嗯，對呀，也有胎動哦。」

啪啦啪啦、咕嚕咕嚕、嗶嗶啵啵。美野里在心中吟唱肚子裡難以用言語形容的感覺。

「謝謝妳的關心，不過我完全不要緊。」

世志乃並不相信美野里的微笑。美野里覺得就是這種小細節使得她年紀輕輕就被任命為副樓長。職場上能有個就連枝微末節的疏忽都不會放過的同事，真是太令人放心了。

「現在還不要緊，但確實有一些業務快要無法流暢地處理了，所以我會盡快與經理討論，到時候可能要麻煩你們多費心了，請助我一臂之力。」

「那有什麼問題。」

世志乃點頭應允，又叮嚀了一句：「有什麼事請隨時跟我說哦。」

感覺有根針悄悄地放在鼓脹的氣球旁邊。

美野里為了轉移注意力，想起一樓的藤堂。藤堂明明有看到顯然是中途才進場的客人，卻繼續自顧自地整理架上的傳單。明明傳單什麼時候都可以整理。

美野里悄悄地嘆了一口氣。他大概還沒記住座位表，自以為沒人發現，其實所有人都看在眼裡。而且他也知道，自己開始打工到今天都兩個月了，居然還記不住座位表，是多麼不成熟的表現，所以剛才也假裝忙著做別的事，等自己以外的人出手相救，死都不肯為客人帶位。美野里回憶起藤堂長相還算俊朗的五官，他來面試的時候，有一股從本身的潔淨感散發出來的乾脆氣質，以及帶給人良好印象的行為舉止，加上美野里長年在家電公司人事部工作的丈夫智昭的忠告，才決定錄取他。可是，果然……

「果然還是不行啊。」

第三者的聲音剛好說出自己的想法，美野里不由自主地凝視發出聲音的世志乃。

「我果然還是不能接受這位舞台導演的舞台劇。」

世志乃瞥了門的方向一眼。

「決定要在這裡公演的時候，我就擔心會不會又是頹廢的風格，果不其然，被我猜中了。」

內心充滿排山倒海的黑暗，無可救藥地一路往毀滅深淵墜落的男人生平——這句話與偶像的臉部特寫印製在海報上，在公布的同時也掀起巨大的話題。鏡泉廳的官方網站也以這部舞台劇的瀏覽數占了壓倒性多數，身為一介員工也覺得與有榮焉。

美野里與世志乃都熱愛舞台劇，所以才會來深受音樂劇迷推崇的鏡泉廳上班，她們經常交換情報、互相推薦作品，要是剛好同一天休假，還會相約去觀劇。只要踏出鏡泉廳，世志乃就成了美野里相差十歲的朋友，美野里這輩子沒有交過這樣的朋友，所以世志乃的出現顯得彌足珍貴。

「我只看了最後一次彩排，但我明白妳的意思。」美野里說。

「落合俊一郎的作品總是充滿『人類就是這麼醜陋！如何？看不下去了吧！』的感覺。尤其最近都是這一類的作品，我不禁好奇這也能稱為藝術嗎？」世志乃的語速加快了一點，「這次是由男偶像來演，大家好像都很期待，但如果反過來呢？結果還不是冷飯熱炒。『偶像也會演我的舞台劇哦』的算盤打得太露骨了，該說是不意外嗎，總覺得很沒意思。」

世志乃看了手錶一眼。再過幾分鐘，第一幕就要結束了。美野里正要為對話畫下句點時——

「上了年紀的男性舞台導演為什麼總是想搞一些模仿太宰治風格的作品呢。」

世志乃說。

太宰治。

這個名字刺入美野里的耳膜。

「藉由刻意暴露出男人就是這麼醜陋、這麼無可救藥，讓人覺得既然如此也沒辦法，就原諒他吧，而且還會覺得願意這樣暴露自己的弱點真是勇氣可嘉。我好討厭這種破罐子破摔的感覺。」

刺穿耳膜的那枝箭還插在那裡，所以不用怕昨晚收進耳膜裡的話語會跑出來。

「音樂劇的傑出之處並不是在彰顯人類好醜陋所以也沒辦法，而是無論如何都要引吭高歌，用盡全力扭轉局面的氣概不是嗎。唯有對自己誕生在種族歧視或獨裁政權等悲慘的環境下感到悲觀，接受乍看之下像是抽到下下籤的命運，然後堅強地振作起來不是嗎。」

下下籤。

這句話又刺穿了美野里的耳膜。

「看了最後一次彩排，我才能用言語說明自己真的好喜歡音樂劇啊。從這個角度來說，倒是要感謝這齣戲。」

美野里站在口若懸河的世志乃身邊，一枝一枝地拔掉令耳膜隱隱作痛的言語利箭。

太宰治。

下下籤。

好幾枝由智昭的聲音合成，肉眼看不見的箭。

「這裡是一樓賣場。」

冷不防地，對講機裡傳來與世志乃不同，不是那麼清晰的嗓音。

「庫存和器材都沒有問題，請多多指教。」

這次的舞台劇，第一幕為七十五分鐘，第二幕為九十分鐘。時間拖到這麼長，中間會安排二十分鐘的休息時間。「這裡是二樓賣場，和一樓一樣，請多多指教。」這段期間，由於觀眾會一口氣湧入販賣輕食和飲料的賣場，因此即便一早就檢查過庫存和器材沒有問題，休息前也必須再檢查一次。

「收到。第一幕馬上就要結束了，請多多指教。」

美野里對整層樓的工作人員喊話。

「改天再聊。」世志乃回到自己的工作崗位，繃緊臉上的表情。

第一幕結束，燈光亮起的同一時間，劇場員工從外側打開自己負責的那扇門，塞入門檔，以免門在休息時間擅自關上。

不只觀眾的肉體，每一位觀眾在這幾十分鐘內深藏在內心的感想及情緒，也會一口氣從打開的門縫迸發出來，看起來就跟水庫洩洪的影片沒兩樣。

「各樓層的賣場都準備了飲料和輕食，請多加利用。」

「所有要暫時離開會場的觀眾請務必攜帶票根。」

「每層樓都有洗手間，請務必小心台階。」

「吸菸區設置在會場外面，千萬別忘了帶上您的票根。」

每扇門口都可以聽見各式各樣的叮嚀。看到一臉恍惚地在劇場內外走來走去的人，美野里不禁覺得昨晚發生的事簡直是一場夢。

會這麼想，就證明那不是一場夢。

「我們也有提供毛毯，需不需要來一條？」

「需要兒童座椅嗎？可以在這裡索取。」

為了應付休息時間層出不窮的需求，二十分鐘一晃眼就過去了。

「再過五分鐘，第二幕就要開始了。請先確認您的座位號碼，迅速就座。」站在每扇門口的劇場員工開始說出固定的台詞時，美野里的視線一隅捕捉到某個畫面。

藤堂正和一位女客說話。

像鏡泉廳這種歷史悠久的劇場，也就是標榜無微不至的服務、讓人賓至如歸的劇場，工作人員多半是女性，因此年輕的男性人員就像珍禽異獸，經常會有客人找他們說話。尤其藤堂長得帥，所以也有人會揣著一個明明問誰都可以的問題，直到找到藤堂為止。

美野里邊叮嚀觀眾「第二幕馬上就要開始了」，邊觀察藤堂和女客。看女客的表情，應該不是客訴，但如果只是找藤堂說話，時間又太長了。算了，等休息時間結束再問他吧。

美野里再次想起這件事，是在第二幕開始已經過了幾十分鐘，又在開放空間見到藤堂時。

「藤堂。」

美野里出聲叫喚，看得出藤堂臉上掠過一絲緊張的神色。

「第二幕開始前，是不是有位女性觀眾跟你聊了一下？你們聊了什麼？」

「哦，是有這回事。」

藤堂立刻堆出莊重的表情，但是瞎子也看得出來他心裡其實覺得很不耐煩。藤堂成功表現出無懈可擊的乖順只有面試那一次。

「她在第一幕的時候看到有個觀眾戴著一頂大帽子，針對這件事聊了幾句。」

「帽子？」

以觀眾對其他觀眾的抱怨而言，「前座的人不脫帽子」的客訴與「前座的人以前傾的姿勢觀劇」並列第一名。如果是美野里，戴著帽子看舞台劇應該會分心才對，可是像這次這種由偶像主演的作品，的確有一定比例的觀眾會想「打扮得漂漂亮亮，以最可愛的模樣去見○○」。

「啊，可是……」或許是察覺到美野里的表情變化，藤堂飛快地加了一句，「找我說話的人並不是坐在戴帽子的人後面，比較像是來跟我打小報告，說她看到遠處有個不脫帽子的人，很同情坐在那附近的人。不過那個人看到一半就拿下帽子了，所以她只是來跟我說一聲。」

因此，沒什麼不妥吧——感覺藤堂想這麼說，發現他的視線落在自己的右眼下方。

「這樣啊，原來如此。」

美野里繃緊神經。

「不過——」

接收到美野里語氣裡轉折的意味，藤堂眉毛的角度產生了細微的變化。

「希望你能透過對講機讓大家知道這件事，不是看到一半脫下帽子就好了，萬一那位觀眾到了第二幕又把帽子戴回去呢。如果大家都能先掌握那位觀眾坐在哪裡，就能避免發生糾紛了。」

「可是……」

藤堂也回以轉折的語氣，視線果然盯著美野里的右眼下方。

所以她才討厭面對藤堂。

「我剛才往劇場裡看了一圈，根本沒有人戴帽子。」

所以說，不是那個意思。

「所以我想應該不要緊。」

美野里努力在說得雲淡風輕的藤堂面前壓下即將爆發的怒氣。

她很清楚這種心情。

「沒事就好，」美野里硬生生地挖洞掩埋自己就快要恨起長居靜香的心情，「今後如果再發生類似的情況，不管大小事都要跟大家報告哦。記住了，需不需要報告不是由你判斷，而是我。」

為什麼非得在根本不想來上班的日子、在發生那種事的隔天，還得以成熟的態度壓下被這傢伙氣得咬牙切齒的心情呢。

「還有——」

藤堂只隨便應了一聲就想轉身離去，美野里以有些尖銳的語氣叫住他。

「就算看著座位表也沒關係，請好好地為中途進場的客人帶位。如果不率先主動為客人帶位，記得住的東西也記不住了。」

有一瞬間，沉默在兩人之間暗潮洶湧。

感覺藤堂灼熱的視線聚焦在右眼下方。

「好的。」

藤堂喃喃自語，絲毫不掩飾不以為然的情緒，丟下一句「今天輪到我掃廁所」，就消失在男廁的方向。美野里望著他的背影，看他那個樣子，肯定會故意打掃得很馬虎，說不定還會趁觀眾現在都在劇場裡，用力把掃除用具砸向牆壁。

──這次找到的打工真是下下籤。

美野里曾經在離鏡泉廳最近的車站撞見藤堂正在講電話的身影。

「還以為能免費看到一堆明星，沒想到只有正式員工才能接觸到演藝人員，客人也都是大媽，真是下下籤。」

不知道他對劇場工作人員這份工作有什麼期待，但藤堂經常把「下下籤」這三個字掛在嘴邊。

下下籤。這輩子，美野里的身邊出現過幾個會說這種話的人，其中一個就是丈夫智昭。

「僱用打工人員的時候，如果不想抽到下下籤，最好選擇曾經長期在速食店、便利商店、居酒屋打過工的人。或許妳會覺得這種工作經驗未免太普通了，但是速食店或便利商店要做的事情比想像中還多，又講求速度，其實很辛苦哦。能在居酒屋做得有聲有色的人，基本上什麼工作都能勝任。反過來說，履歷上都是些看起來莫名稱頭的新興行業或在辦公室打工的人才危險。」

忘了是什麼時候，美野里正為打工人員的面試煩惱時，曾經找在人事部做了很久的智昭商量。大概已經向別人說明過無數次了，智昭以簡單明瞭的說法為她解惑。

「我認為僱用新人最重要的一點不是經驗，也不是技術，而是不會心高氣傲這一點。『我的人生不該葬送在這種地方』的心態是最要不得也最糟糕的。這種人通常動不動就辭職，不僅如此，一旦開始瞧不起同事或客人，就會變得很麻煩。」

藤堂在履歷表上寫到他在便利商店和居酒屋各打過一年以上的工，或許對就業期間灌了一點水，但當時本來就少的男性工作人員空了一個缺口，便相信智昭的建議，僱用了他。沒想到「感覺還不錯」居然能讓人忽略掉其他許多應該要仔細評估的項目。

「根據我的經驗，自以為『我的能耐不止如此，是待在這種鬼地方才無法發揮』的人後來都會變得很難搞。我也抽過好幾次這樣的下下籤，所以深有體會。」

智昭聰明又善良，而且從認識的那一天起就是這樣。身邊的女性友人都說他「看起來是個好人，可惜沒什麼身為男人的魅力」，但美野里就欣賞他這一點。只不過，自從他在人事部當上主管後，言行舉止就變得有些自大。如果是因為在職場上出人頭地給了他某種力量，美野里寧願不要這種力量。

「鍋倉小姐。」

眼前突然亮了起來。

「沒事吧？妳臉色好差。」

美野里的雙眼先捕捉到寫著「經理」的名牌。鏡泉廳的經理川口圭子正窺探低著頭杵在原地的美野里的臉。

「啊，對不起，我沒事。」

「雖說已經進入穩定期了，還是會頭暈吧。」

川口瞇著眼睛說。美野里原本打算完全進入穩定期再向同事們報告，不料害喜遠比想像中嚴重，只好提早向川口和世志乃報告自己懷孕的事。川口在二十多歲的時候就生下兩個孩子，送了她一條束腹帶說：「所有工作人員都會盡量協助妳。」對於目前正陷入前所未有的身體變化中的美野里而言，這句話帶給她莫大的安慰。

「今天來上班的分一定要另外找時間補休哦。鍋倉小姐實在太敬業了，所以想休息的時候一定要說哦。」

話雖如此，但經理其實比誰都清楚，目前的人手根本不夠。例如熱門劇目的現場門票抽選，就連業務單位的員工也要來幫忙整隊，否則根本忙不過來。畢竟無論是哪一行，最先砍掉的一定是人事費用。

「謝謝。」

美野里道謝，感覺自己在只差四歲的川口面前變回了小孩。原來光是與可以暫時放開上下關係的人待在一起，心靈就能如此毫不設防。

「有任何問題都要說哦，」川口擺出開玩笑的表情，「我也算是當媽的前輩了。」任何問題。

針尖輕輕地劃過鼓脹的氣球表面。

「謝謝。」

美野里低著頭，全身用力，以免心臟直接從嘴裡跳出來。

要是真的什麼都說出來，這個人會有什麼反應呢。感覺她可能什麼都還沒說，眼淚就會先流下來。

「那我走了。」

穿著套裝的川口走出劇場。經理要決定劇場整年的演出劇目，所以每天都要開很多會。光是指揮現場就已經很不容易了，然而包括現場在內，她還得負責整座劇場的經營。美野里感慨萬千地看著她的背影走遠。

全年的演出劇目以音樂劇為多，這次的作品算是其中比較與眾不同的類型，聽說是川口直接邀請不曾在鏡泉廳推出作品的落合俊一郎來演出。厚重門扉的另一邊充滿了世志乃口中「模仿太宰治風格」的世界。

美野里的視線落在手錶上，劇情即將進入高潮。男主角將向女朋友、家人、周圍相信自己、幫助過自己的人，赤裸裸地展現藏在內心深處的醜陋想法與背叛的場景。

然後是突如其來的轉場。這是很常見的演出手法，但觀眾肯定會揪著一顆心。明明只是因為沒有其他選擇，卻還是彷彿飽受震懾地沉默下來。

「完全擺脫偶像包袱，赤裸裸的人味與逼真的演技讓人感受到他身為演員的覺悟。尤其是後半段有如排山倒海而來的情感更是震撼無比。任誰都會陷入內心深處的黑暗被挖出來的感覺，那種不掩飾、不說謊的正直甚至會催生出快感。」

報上的劇評是這麼說的。

美野里心想。

這是因為發生在有辦法轉場的世界，才能用「不掩飾」、「不說謊」、甚至會催生出快感的「正直」等形容，來讚揚一五一十地吐露心聲、挖出人類內心深處的醜惡。就算是一再告訴她「有任何問題都可以說」的世志乃或川口，一旦看到美野里真的把心掏出來，想必也會露出不知所措的表情。

現實生活才不會轉場。

無論抱著多大的決心表明心跡，無論是多麼不掩飾、不說謊的內心話，下一秒鐘，地球還是繼續轉動。天真地以為除了自己以外，還有人願意接受「赤裸裸的人味」根本既不逼真，也不震撼，什麼都不是。

2

美野里發現自己懷孕時，過去花了漫長的歲月才接受自己生命中「沒有母親」的事實，突然又從埋得不夠深的地方探出頭來。身邊根本沒有同性友人可以隨時請教隨著身體及精神上的變化帶來的不安，也沒有生過小孩的朋友們異口同聲地說「產後真是幫了我大忙」的戰友。丈夫智昭的父母住在四國，尤其婆婆的腰不好，大概也別想指望她能幫自己帶小孩。從以上這些事實衍生出面目模糊的不安，就像塗在膨鬆柔軟海綿蛋糕上的大量鮮奶油，完全掩蓋住終於懷孕帶給她的巨大喜悅。

因為這些不安，美野里陷入無論是再微小的身體不舒服，如果不找到原因就無法放心的精神狀態。明明有點便祕卻又頻尿是不是有什麼問題？牙齒或牙齦會這麼痛的人只有自己嗎？乳暈開始出現一粒一粒是什麼異常的症狀嗎？一有風吹草動都要上網查，直至找到明確的答案為止。總覺得地面軟綿綿地不踏實。而且每次上網搜尋，一定會查到年近四十才要生第一個孩子的負面訊息。明明也接觸到同樣多的正面訊息，不，正面訊息肯定更多，但是只有負面訊息在美野里的腦子裡不斷累積。

萬一從小養成的挑食習慣使得母體營養不良，導致胎兒的染色體異常；萬一看似不太正常的體重增加是因為妊娠糖尿病；萬一像這樣疑神疑鬼變成壓力，對胎兒造成不良影響；萬一自己在沒有母親幫忙，難以獨力撫養孩子的情況下生產——上班時身為樓長，不能在年輕的工作人員及打工仔面前表現出軟弱的一面，回家後開始變本加厲地毫不掩飾精神上不穩定的部分。再加上自己的假期與週休二日的智昭經常排不到同一天，美野里陷入了一個人在家裡對著電腦螢幕鑽牛角尖的狀態。

三週前，智昭勸她去做產前檢查。

不忍心看美野里困在奇奇怪怪的不安裡逃不出來，乾脆去做個檢查。多一項可以放心的數值，在精神上盡可能少一點壓力的狀態下生產，這樣如何？——智昭的語氣低沉又溫和，從耳膜流進心底，令人踏實又安心。

智昭自己大概沒感覺吧，美野里就是被他這種「踏實」吸引。自二線都市升學率極高的公立高中畢業，和父母及親戚的感情很融洽，盂蘭盆節和過年都會在老家舉行盛大的宴會，打棒球鍛鍊出強健的體魄，擔任大企業的人事部長，深受部下愛戴，對機器很有一套，看地圖、開車、打高爾夫，就連床上工夫都很高明。話雖如此，也不會故意表現出自己很厲害的樣子，習慣先用頭腦想事情，甚至給人「缺乏男子氣概」的印象。看在自知過去的人生與「踏實」相去甚遠的美野里眼中，同時擁有魁梧身材與沉穩知性的智昭，昂首闊步走在大馬路正中央的身影非常可靠，是上天給予的恩賜。

　實在無法排到同一天休假，美野里只好自己去檢查。只是母體的抽血檢查，聽完相關說明事項後就安排抽血。還以為要進行各式各樣的檢查，作業本身倒是很簡單。

　假如結果是好的，就能擺脫現在這種疑神疑鬼的狀態——那天很晚才回來的智昭笑著說。又得到一個踏實了。美野里邊為他熱飯菜，心裡確實這麼想。

　然而從隔天早上到報告出爐前，美野里的視線範圍經常被抽血的色澤染紅。接受檢查前就有預感自己會擔心結果，沒想到檢查完，又陷入另一種焦慮。美野里一面感受著嗶嗶啵啵，宛如積滿瓦斯的輕微胎動，思索自己究竟想從血液裡檢查出什麼樣的數值。全神貫注地體會腹中彷彿有小魚游來游去的感覺，覺得抽血前與抽血後的自己產生了某種決定性的變化。自己的大腦、心靈、肉體明明是由確切的材料構成，過去的人生、與智昭共度的歲月明明建立在踏實的根基上，那個變化卻宛如詰問，慢慢地讓這些原本確切而踏實的東西變得柔軟而腐爛。

吃飽飯，攝取的養分彷彿直接反應在胎兒身上，肚子裡起了一陣活潑的胎動。感覺胎兒正「咚咚」地從美野里體內敲打通往世界的門。美野里想起抽血時的那抹紅色，不知怎地潸然淚下。

自己到底做了什麼。在那個診間裡，到底想知道些什麼。

坐立不安的時候，多希望智昭能輕輕地拍她的頭、緊緊地擁她入懷。只可惜就連晚上也很難碰到智昭，遲遲找不到機會讓他知道自己內心無法言喻的慌張。更何況，她總覺得一旦把自己到底對什麼感到不安、把那個核心部分說出口，就等於站在一個再也回不了頭的地方，一切的一切都會昭然若揭，太可怕了。每當美野里的表情蒙上陰影，智昭都會提出一些大概是上網查的數據，讓美野里安心。

——別擔心，美野里。妳看這個，三十五歲以上第一次生產的人出現染色體異常的機率只有兩百四十九分之一。假設這裡有兩百五十張籤，只有一張是下下籤，妳不覺得根本不可能抽中嗎？換算成百分比也只有百分之零點四。所以妳就別擔心了。檢查是為了盡可能減少壓力，如果妳擔心成這樣，豈不是本末倒置了。

面對試圖以明確的數字建立公式的智昭，美野里除了謝謝，不知還能說什麼。但智昭愈是知性地試圖用公式或機率或百分比之類的字眼解釋，美野里愈是覺得自己內心深處其實只希望被他用雙手捧住的柔軟部分，更加沒有著落。

啪啦啪啦、咕嚕咕嚕、嗶嗶啵啵。從接受檢查到報告出爐的每一天都能感受到好幾種不同的感覺。光是那些感覺組合起來，就像遊戲中的隱藏選單，一點一滴漲滿了美野里的身心。

昨天，星期天傍晚，美野里與智昭好不容易排到同一天休假，一起去看報告。聽到結果的那一刻，診間裡變成一片雪白。

是陽性。

為她檢查的醫生說出這句話時，感覺智昭坐在一旁的壯碩背影整個扭曲了。醫生指著電腦螢幕，在紙上寫了些字，慢條斯理地仔細解釋給他們聽。

「您這次做的檢查稱為ＮＩＰＴ，並非用來確認胎兒是否有染色體異常的檢查，所以不能以這次的結果為準。如果想知道確切的診斷，可以採用羊膜穿刺的方法，但是羊膜穿刺對胎兒的身體有一定的風險，如果確定要做，會再進行詳盡的說明。以這次檢查結果來說，陽性機率為百分之八十二。所以我一定要提醒二位，就算出現陽性結果，也還有百分之十八的機率不是陽性。更重要的是，先天性疾病的原因不是只有染色體異常而已，除此之外還有很多影響會造成先天性疾病，因此請不要把這次的檢查結果視為唯一的答案。另外……」

啪啦啪啦、咕嚕咕嚕、嗶嗶啵啵。

美野里邊像念咒文般地念念有詞，邊聽醫生說話。感覺被陽性這個字眼狠狠地撞了一下，但也只有自己本身被狠狠地撞了一下，內心深處的真實感並沒有任何改變。醫生說明的同時也密切觀察美野里的反應。美野里每次都說「不要緊」、「好」、「不要緊」，同時啪啦啪啦、咕嚕咕嚕、嗶嗶啵啵地念念有詞。原本一直染紅視線範圍的血色消失了，眼前變得一片黑暗。

那是與智昭去澳洲度蜜月時看到的夜空。旅行的最後一天看到的夜空宛如宇宙本身，閃閃發光的每一顆星星隱隱約約地照亮了漂浮在過去、現在等各個時間軸的聲音記憶。

回日本再多買一點餐具吧。陽性。或許有點奢侈，但願每年都能像這樣出國旅行一次。唐氏症。男孩和女孩都想要一個。兩百四十九分之一。百分之零點四。

——妳不覺得根本不可能抽中嗎？

「抱歉。」

回到家，時間已是深夜。智昭率先打破持續了好一陣子的沉默。

「抱歉。」

美野里看著坐在沙發上的智昭。智昭臉色十分蒼白。診間之所以蒼白是因為牆壁本來就是白色的，所以還好一點。

「抱歉。」

智昭只會說這句話。美野里聽著他的聲音，領悟到這個人在診間的時候也跟自己一樣，聽不見醫生的話。他說不定也跟自己一樣，神回澳洲的星空。

「真的很抱歉。」

智昭加上「真的」二字時，臉龐看起來稍微恢復了一絲血色。

「我無法接受。」

說完這句話，智昭的臉已經完全恢復平常的血色了。

「明明只有百分之零點四，為什麼。」

美野里聽著他的聲音，恍然明白智昭一向昂首闊步走在大馬路正中央的人生，同時也等於不習慣面對意外狀況的人生。

無法接受是什麼意思。美野里想問掌心底下的腹部。這裡面已經有人住了。這個人已經在被這個世界接受的狀態下，學會許許多多的動作了。

「抱歉。」

智昭還是老樣子，只會說這句話。微微顫抖的聲線足以一把抹去過往籠罩在他全身上下的踏實。

美野里發現，檢查前對任何事都惶惶不安的自己如今竟不可思議地冷靜。絕不是不安縮小了，更沒有消失，而是充分感受到她對胎兒原本就沒有接不接受的問題，這個認知遠比巨大的不安更巨大。

「智昭。」

美野里開口。

「我們並不會因為知道結果就做出什麼選擇吧。」

不會因此做出什麼選擇。

說出這句話的前一刻，美野里眼前出現了兩個主詞。

「我們」和「我」。

那一刻，美野里決定絕對要抓住「我們」這個選項。即使這個選項離得更遠，即使硬要伸出手可能會導致肩膀脫臼，她還是決定要抓住「我們」。

智昭起初還溫柔地想要說服她。

並不是生下來就好了，這可是一輩子的問題。當我們死了，身體有殘疾的孩子得靠自己活下去。明知會讓孩子活得那麼辛苦還硬要生下來，妳不覺得只是為人父母的自私嗎。

智昭坐在客廳的沙發上。美野里十指交扣放在餐桌上。明明彼此之間相隔了幾公尺的距離面對面坐著，美野里卻覺得智昭好像是在她耳邊，不止，是在她的耳朵內側叫嚷。

美野里認為智昭說得如此小心翼翼，並不是接不接受的問題，而是想盡辦法要互相磨合、調整形狀，好把突發狀況塞進自己的人生軌道上。美野里相信這個晚上說過的話、花在思考上的時間，都是為了討論如何把所有出乎意料、天外飛來一筆的狀況塞進軌道，才能不用換掉整條軌道，繼續展開未來的人生。

啪啦啪啦、咕嚕咕嚕、嗶嗶啵啵。面對只在心中如此唱和，卻死都不肯點頭的美野里，智昭終於說：

「抱歉。」

這兩個字與剛才聽到的兩個字明明是一模一樣的兩個字，聽起來卻有著天壤之別。

「我就老實說了。」

燈光變了。

美野里盯著自己的手指落在餐桌上的影子，突然這麼想。

「我本來以為自己是為了盡可能消除妳的不安，才建議妳去做檢查，但那並不是真正的原因。」

燈光又變了。

美野里看著感覺顏色變深的手指影子心想。

明知道不可能，可是每當智昭的音色裡流露出過去大概藏得好好的真心話，就會覺得照亮他們的燈光好像舞台演出一樣變換著強度。

啪啦啪啦、咕嚕咕嚕、嗶嗶啵啵。美野里念念有詞，按著肚子，聽智昭說話。智昭開始解釋的聲音聽起來比剛才模糊難辨許多。

幾個月前，公司同事生了小孩。原本揚言自己一定會變成有子萬事足的男人，當孩子真的出生，明明不需要加班，卻開始拚了命地加班。最近陪他去喝酒，同事一下子喝得爛醉。一問之下，才知道剛出生的小孩有唐氏症，才知道他在老婆面前絕對不敢說，但是每天早上醒來，無論如何都無法接受自己的人生變成「要照顧唐氏兒一輩子的人生」，內心充滿絕望。才知道他一點都不覺得自己與別人不同的小孩可愛。才知道他老婆不得不辭去工作。才知道他對一點也不覺得可愛的孩子卻又意外花錢這件事，感覺厭煩到頭痛欲裂。才知道他可以的話根本不想回家。才知道他只想回到過去，每天晚上都睡不著。才知道他覺得自己的人生已經天翻地覆了。

「那傢伙說了好幾次，說自己的人生不該是這樣的。」

那位同事的老婆跟美野里一樣大，三十八歲才第一次生產。

「他說他的人生突然就變成殘障者的父親。」

美野里看著智昭形狀姣好的鼻梁、寬闊的肩膀，心想這麼說來，藤堂的鼻子也很漂亮、肩膀也很寬。隨即又想到這個人還想繼續站在大馬路的正中央，拒絕走在大馬路正中央以外的地方，也不願知道還有別種走法。

「建議我去做產前檢查的就是那傢伙。」

照明沒有變化。美野里認為這是對的。感覺這裡在演出的效果上要讓獨白者再多說一點話。

「他說一定要做……還說萬一是陽性，最好考慮打掉。」

打掉……說的好像主詞是他一樣。編劇不會覺得怪怪的嗎。

「要不要喝茶？」

美野里站起來，走向廚房。川口送她的束腹帶撐住逐漸變得沉重的腹部。

「前陣子從公司帶回來的茶叫什麼來著，印度紅茶？泡來喝喝看吧。不過我要喝果汁。」

「美野里。」智昭呼喚喋喋不休的美野里。

「聽說是南印度的紅茶，不知道好不好喝。這個要怎麼念？錫、錫金紅茶？」

「美野里。」

來了。

美野里心想。

智昭的音量變大了。

「我太差勁了。」

美野里在廚房中島前抬起頭來，凝視智昭坐在沙發上的表情。

「我真是太差勁了。」

美野里看過這種表情。

那是一部現代劇，由男性舞台導演執導，燈光始終昏暗，帶點朦朧的感覺，是一部會讓劇評人寫出「挖掘出人類的本質與欲望」、「澈底叩問赤裸裸的生命與性」之類評價的作品。

「現在的我無法成為任何人的父親。」

美野里看過無數次那種表情。

「我有別的女人。」

來了。來了來了來了。

所謂後半場排山倒海的劇情展開。

「真的很抱歉。」

看不見智昭的表情。

智昭坐在沙發上，垂頭喪氣的姿勢彷彿是朝自己的胯下說話。

「我很差勁吧。但我就是這種人。要妳做產前檢查，卻又接受不了陽性的結果，還搞外遇。真是垃圾，差勁透了，糟糕透了。」

不掩飾、不說謊、正直。

果然還想用這種方式贏得讚賞。

美野里轉開加裝淨水器的水龍頭。

感覺眼前的發展像極了那種主角愈是掏心掏肺地說出深藏的祕密，她愈欣賞不來的舞台劇。

「昨天我說要去公司加班，也是騙妳的。我是去找外遇對象。因為我很怕知道今天的結果，怕得不得了。在那個人面前，我可以說出我的恐懼，可以說我恐怕無法疼愛有問題的小孩。我就是這種人，簡直無可救藥。別說不配當父親，我根本枉為人。」

枉為人。

就連這個節骨眼，還能選擇比較有氣質的說法。

唉……真的好像在演舞台劇。而且是最討厭的那種。真想和世志乃一起去看，回程在家庭式餐廳裡把這部戲數落得一文不值。

「抱歉。」

誰管你啊。

「但我就是這種人，這就是我。」

什麼。

說什麼這就是我，打算撇得一乾二淨嗎。

美野里為電熱水壺裝滿水，從餐具櫃拿出一只茶杯和一只玻璃杯。

「我來泡紅茶。」

沒有反應。美野里耐心地等水燒開。

智昭大概很討年輕女孩喜歡吧。當上主管，也有了自信。有些聰明人一旦有了自信，就會變得有點自大，誤以為那就是男子氣概。故意做些不該做的事，自以為了不起。試著踩到這輩子沒有跨出去過的路線之外，覺得很刺激。總而言之，就是個笨蛋。

「最晚到二十一週又六天。」

美野里把茶包放進茶杯的同時，智昭又開始說話。

「醫生是這麼說的吧。」

美野里把茶杯放在碟子上，和玻璃杯一起放上托盤，慢吞吞地端過去。心想什麼嘛，他其實認真地把醫生在診間說的話都聽進去了。

「泡好了。」

美野里把托盤放在餐桌上。

絕不讓舞台轉場。

「香味還滿普通的。」

男人表現出自己最醜陋的部分，女人以苛刻的口吻譴責男人。以上這些橋段演過一輪後，男人最後會小聲地擠出一句「抱歉」、「但我就是這種人」。如果是舞台劇，這時大概就要轉場了。舞台導演堅信觀眾看到這裡，肯定會揪著一顆心。

可是。

「你喝喝看嘛，告訴我感想。」

唯獨我們的現實不能就這樣轉場。

就算表明自己如此醜陋，也無法解決任何問題。為什麼身為表現出醜惡面的人還能如此陶醉呢。為什麼會誤以為暴露出如此醜陋的部分等於自己很堅強、很誠實呢。甚至還以為自己下一秒就能脫胎換骨，真是不可思議。

真令人火大。

對美野里來說，只覺得勤勤懇懇地活到現在，卻突然莫名其妙被吐了一身。那些嘔吐物根本解決不了任何問題，只覺得噁心，當然不可能受到一絲一毫感動，也不想撫摸對方的背，幫他順氣。除非對方把暴露出來的醜惡全部收回去，一秒不漏地看完對方所有掙扎的過程，才能開始思考要怎麼面對對方。

「老公。」

美野里開口。耳邊傳來果汁從脣畔滴落的聲音。

「紅茶要冷掉了。」

——根據我的經驗，自以為「我的能耐才不止如此，是待在這種鬼地方才無法發揮」的人後來都會變得很難搞。

以前在這裡聽智昭說過的話又再播放一次。演出手法還挺用心的嘛。

「老公，紅茶要冷掉了。冷掉以後會變澀哦，我猜。」

——我也抽過好幾次這樣的下下籤，所以深有體會。

這個人到現在還認為自己抽到下下籤，認為自己的手氣太差了，認為自己的人生不應該這樣。美野里又喝了一口果汁。

明明抽到的籤已經不能再換了。

結果智昭終究沒喝紅茶，只喃喃地又說了一次「抱歉」，就這麼走出家門。美野里不願想像他去哪裡，也不打電話給他。自己洗了澡，早早上床就寢。雖然把手機放在枕邊，但也沒有心情打電話給智昭。

翻來覆去，把手放在肚子上，又感受到一種找不到適當言語來形容的胎動。這孩子此時此刻不僅活著，還確實地又掌握到一種新的脈動。

淚水在不知不覺間奪眶而出。就像是心臟有一部分被掌心的熱度融化，從雙眼流出來。

淚水止不住滑落，美野里也無意止住。考慮到萬一的狀況，她已經事先請好明天的假了。

萬一的狀況。

美野里任憑熔岩般的熱淚奔流。什麼嘛，自己請假的時候不也考慮到萬一是陽性，第二天可能沒辦法上班嗎。說不定，自己跟智昭根本沒什麼兩樣。

萬一。

百分之零點四。

什麼嘛。

機率比萬一大多了。

就在這個時候，手機螢幕亮起長居靜香這四個字。

3

「距離演出結束還有五分鐘，各單位都沒有問題嗎？」

自己的聲音從無線電傳來。各扇門、出口、賣場等處的負責人以形形色色的音色回答「沒問題」。到了這一步，午場應該不會再出狀況了。美野里覺得全身的神經稍微放鬆了點，把耳朵貼近門裡面的空間。最後一幕大概是男主角一個人沒完沒了地發表長篇大論的場面。套一句劇評人會說的話，就是那種「任誰都會陷入內心深處的黑暗被挖出來的感覺」的場面。

——內心充滿排山倒海的黑暗，無可救藥地一路往毀滅深淵墜落的男人生平。

想起海報上的文案，美野里不由得微微一笑。可以想像擔綱主演的偶像粉絲光是看到偶像與自己在腦海中塑造的形象有所不同，就讚不絕口「演技好精湛！」的德性。

男主角最後拋棄一切，背對觀眾，漸行漸遠。這時舞台上並沒有過去相信他、支持他的人。明明花了整整三小時堆積起來的情緒還留在原地，舞台上卻只剩下沉默。

這裡要轉場。過了好一會兒，燈光再度亮起，偶像臉上充滿了全力以赴演完一齣戲的滿足，站在舞台的正中央。

落幕。拍手。舞台上的氣氛完全變了樣。

美野里昨晚開著客廳和寢室的燈就睡覺了，結果雖然一夜沒闔眼，依然堅持不肯轉場，堅持不讓氣氛變樣。

智昭自從昨晚離開家後，就再也沒有音訊。

美野里檢查本次公演的招待名單，走向二樓。

把門票交給他們的時候，就已經事先請要向演出者致意的賓客結束後在二樓的開放空間東側集合。因為是平日午場，應該不會有太多人，大概很快就能搞定——美野里慢慢地爬上樓梯，發現在L1門口待命的藤堂正掀動著纖長的睫毛，頻頻看錶。

美野里有一剎那還以為藤堂正認真地注意結束時間，為此感動不已，但隨即想到另一個可能性。藤堂今天午場結束就能下班。所以比起結束時間，他更在意還有多久可以下班吧。其他打工人員今天早上在更衣室討論的對話在耳邊甦醒，化為藤堂此刻的背景音樂。

——啊，今天和藤堂一起工作。真養眼。他真的長得好帥啊，好適合穿制服。啊，可是他好像午場結束就要下班了。真的嗎？對了，他上次好像講過，女朋友的爸媽今天要來，已經約好在附近的餐廳見面了。他好像說過什麼請對方先就座，等打工一結束再衝過去會合這種莫名其妙的計畫。不就是為了讓對方在還可以點下午茶的時間先入座嗎，因為午場結束才趕過去不確定來不來得及。這是什麼鬼計畫，太好笑了。該不會是想用鏡泉集團的下午茶折扣吧？沒想到藤堂這麼小氣啊。不過小氣歸小氣，折扣下來相差兩千圓。還是學生的話，要負擔女朋友和女朋友爸媽和自己的分，確實是一筆相當大的支出呢。

只見她們以飛快的速度邊聊天邊換衣服，髮型和妝容都跟從範本裡走出來的一樣精緻，美野里覺得她們既剽悍又可靠。藤堂對工作雖然沒什麼幹勁，但因為長得很好看，特別受年輕打工人員及年長的客人喜歡。

「啵！」地一聲，焦躁的預感探出頭來。

看著藤堂泛紅的臉頰，美野里發現自己無法像平常那樣慶幸第二幕沒有發生什麼糾紛就順利落幕。明知身為樓長，不應該希望劇場出狀況，卻無法壓抑開始膨脹的情感。但願藤堂懶得向大家報告的那位觀眾能惹點事，而且問題嚴重到不可收拾的地步，拖到他下班的時間。美野里無法阻止自己的壞心眼，問題是一旦真的出狀況，最後要收拾爛攤子的還是自己這個樓長。要是今天還發生這麼倒楣的事，未免也太不走運了。

雖然她也不是今天才開始不走運。

不行。

停止吧。美野里阻止自己繼續妄想下去。

像這種時候，就要細數眼前該做的事。美野里在腦海中整理等一下要做的事。首先要安排應邀的貴賓向演出者致意，同時讓其他工作人員利用這段時間請所有觀眾離場。檢查寄放在置物櫃的行李全部物歸原主，領走的人也同時歸還所有的行李條，拉下大廳入口的簾子，確定從外面看不見裡面後，與全體工作人員一起打掃劇場。包括廁所在內，檢查所有的地方都打掃乾淨後，準備晚場抽現場票的號碼牌、整理午場的票根、檢查觀眾入場時要提供的傳單……

這時，突然覺得腳底有點虛浮。

美野里趕緊用右手扶著牆壁，撐住身體。雖說進入穩定期後，身體狀況好多了，但畢竟是胎兒正在長大的時期，貧血的次數愈來愈多。閉上雙眼，深呼吸。觀眾再過不久就要從劇場內湧出來了，得在那之前恢復平衡感才行。

不對。

美野里面向牆壁，雙手撐在牆上，卻還是站不穩。

這不是貧血。

意識到這一點時，彷彿聽到「咚」的一聲，有如地鳴般的低音。感覺像是巨人從天而降，在緊鄰著自己現在站的地方著陸。正覺得不可能會有這種事發生時，發生了只有這種事才能解釋的巨大縱向晃動。

地震？

大腦表面浮現這個疑問句時，美野里當場蹲下。還來不及抱怨今天居然發生這麼倒楣的事，現實世界已經不由分說地轉場。

4

第一次在自己身上用到下下籤這個字眼是小學一年級，全家人一起去新年參拜的時候。

年幼的雙胞胎兄妹穿著不同顏色的羽絨衣，光是開開心心地齊步走就能一路接收到擦肩而過的行人們捨不得移開的視線。平常走在上學的路上就已經是眾所矚目的焦點，更別說是深夜中迎接新年的神社，美野里與只早她一個小時出生的哥哥健悟簡直令周圍為之一亮。美野里繼承了濃眉大眼的男性特徵，兩人的五官完全是一個模子印出來的，像到難以想像是不同性別的雙胞胎。髮型也剪成男女通用的短髮，從頭到腳幾乎一模一樣。

美野里與健悟一直是命運共同體，無論是惡作劇的時候，還是挨罵的時候，父母買給他們的玩具、衣服或文具也總是相同的款式。聽說有很多雙胞胎其實不喜歡綁在一起，美野里倒是很高興，感覺好像多了一個自己。與健悟只有性別不同，因此兩人小學一年級的時候幾乎是同一種生物，甚至沒有任何因性別造成的差異。

新年參拜的樂趣莫過於抽籤。美野里與健悟搶著從用魔鬼氈固定住的錢包裡掏出百圓硬幣，用力搖了搖紅色籤筒，爭先恐後地喊出從小洞掉出來的棒子前端的號碼，從穿著白色巫女服的女性手中接過摺成小小張的紙。

「小美今年的運勢如何？」

母親笑著問美野里。美野里忘了要先摘下手套，笨拙地打開籤詩。

「小吉。」

小吉。美野里抽到的籤詩是這麼寫的。

美野里念出籤詩上的字。「小」這個字讓她有點不太開心。小就是不太好的意思。這種印象讓美野里的心情蒙上陰影。

「小吉絕不是不好的意思哦。妳瞧，上面不是寫滿了好事嗎。」

母親指著寫滿密密麻麻的小字說，但美野里看不懂那些字的意思，只覺得很難過，為什麼不是大吉。

「這根本是下下籤嘛。」

美野里抱怨的同時，身旁的健悟「欸！」地大叫一聲。

「哇，健悟，你抽到了好稀奇的籤！我還是第一次看到。」

真的會放進去啊。父親佩服地說。健悟在一旁驚慌失措地猛跳腳：「這是很不妙的意思嗎？是最糟糕的籤嗎？」樣子十分可笑，美野里和母親都忍不住哈哈大笑。

「可能還有大凶在裡面，不過也不算好就是了。」

健悟不理父親的安慰，像隻受到強風吹襲的風向雞，一骨碌地轉了個方向。

「妹，跟我換。」

「什麼？我才不要！」

美野里還來不及將籤詩藏進掌心裡，健悟已經用力地抓住紙籤前端。

「健悟，放手，不准胡鬧。」

「我才不要這玩意兒！」

健悟不理居中調解的母親，抓住紙籤的前端，不顧一切地往自己的方向拉。美野里也使出吃奶的力氣應戰。這種小打小鬧已是家常便飯，加上難得半夜出門，兄妹倆都很興奮，戰線或許會拉長也說不定……

想到這裡的下一瞬間，美野里發現自己的力氣根本敵不過健悟。

在比力氣的勝負上，一下子就輸了。

「拿去，這才是美野里的。」

「健悟你夠了，快還給美野里！真是的……你在學校可不能也這麼野蠻。」

耳邊傳來母親目瞪口呆的嘆息，美野里打開健悟塞給她的籤。

「凶！說不定真的是第一次看到呢。」

「對吧。」父親笑著對驚訝的母親說。儘管還是不太明白這個字的意思，但美野里很害怕這個正中央有個叉叉的字。

也許是察覺到她的不安，母親放軟了語調，溫柔地輕撫美野里的頭。

「這個嘛……嗯……在籤裡算是下下籤。可是啊，只要把籤綁起來就沒事了。而且這是健悟抽的，所以小美什麼都不用擔心哦。」

下下籤。

這時，美野里覺得自己好像為剛才那股挫敗的感覺找到了正確的形容詞。不是因為凶是下下籤的打擊，而是明明與健悟有著同樣的臉、同樣的體型，卻在爭奪籤詩的時候，輕易地輸給健悟，這才是美野里心裡那股挫敗感的源頭。

「沒事的，別那麼擔心啦。而且神明就在旁邊，健悟居然還敢這麼做，神明會處罰他。」母親笑著拍拍美野里的頭，「小美，我們去那邊，就算抽到不好的籤，只要綁在那棵樹上就沒事了，知道嗎。」

母親的聲音就像冬天的冷空氣中又大又溫暖的泡泡，可惜美野里一個字都聽不進去。

以前搶電視遙控器或遊戲機的時候，如同兄妹倆有著同樣的臉、同樣的體型，勝負也各占一半，但最近自己經常被健悟的蠻力打敗。

就像剛才那樣。

美野里看著皺巴巴的籤詩，吐出白色的氣息，模糊了那個凶字。

自己大概是抽到下下籤。

有著同樣的臉、同樣的體型，無論快樂悲傷都在一起，可是在以力氣決勝負的時候，自己卻是落敗的一方，到底是什麼時候抽到這支下下籤呢。在冷得就連迴盪的鐘聲殘響彷彿都要凍結成冰的夜空下，美野里無法順利地為籤詩打結。

「妳看，這裡要像這樣打結，綁成蝴蝶結的形狀。這是送給神明的禮物哦，可以請神明保佑妳。這麼做就不會再有問題了。」

即使有母親幫忙，美野里還是無法順利打好結。

現在回想起來，當時或許還算好的，至少還有個可以靠力氣拚高下的地方。

升上小學二年級，原本要和健悟一起加入當地的足球隊，結果女生不能參加。美野里哭著問為什麼不行，男教練只丟下一句：「這也沒辦法，不好意思啊。」

從小學四年級起，最喜歡的游泳也因為「生理期」不得不每隔一段時間就要休息一下，健悟和其他男生則好像永遠都不會有這個煩惱。

小學六年級的時候，聽聞濃眉大眼、鼻子高挺的健悟是女生口中的帥哥，也聽聞同樣濃眉大眼、鼻子高挺的自己卻是男生口中的大猩猩。

到了國中一年級，得知自己的生理痛比周圍的人還要嚴重，有時候連課都沒辦法上。痛得太厲害的時候，甚至無法專心讀書，導致成績下滑。健悟卻說：「我也好想裝病請假啊。」

提到自己喜歡足球的事，國中的足球社邀請她去當社團經理，但她拒絕了。

隨著骨骼變化，臉型與體型的差異愈來愈大，一起玩的朋友不再相同，制服的款式也不同，體育課也分開了，美野里幾乎已經想不起來曾經身心都與健悟是雙胞胎的那段時期。

只不過，她永遠也忘不了，開始懷疑是不是只有自己抽到下下籤的那個夜晚有多麼寒冷。

國二暑假，美野里在學校主辦的藝術鑑賞會上，看到一齣所有演員都是女生的音樂劇。

看在美野里眼中，那不只是一齣音樂劇。所有站在舞台上的人看起來像是把抽到的籤聚集起來，肩並肩地塗掉籤詩上寫的字，寫上自己喜歡的文字。無論是女角、男角還是人類以外的角色，看起來全都已經變成改寫後的自己。

就是這個。美野里心裡浮現一絲希望。

藝術鑑賞會後，當時幾個玩在一起的姐妹淘中，有人也跟美野里一樣興奮得雙頰潮紅。我們來成立話劇社吧。回家的路上，大家討論得十分熱烈。我們也來演那種音樂劇。不知道能不能成功，但我現在真的好想試試看呀！

「再說了，美野里，妳很適合演戲哦！」

其中一位姐妹面露得意地接著說：「因為我遠遠地就能立刻認出美野里。美野里長相俊俏，一定很適合舞台！」

濃眉大眼、鼻子高挺的臉。

長得跟哥哥很像的臉。

美野里有生以來第一次對自己身為長得像男生的異卵雙胞胎感到高興。

國中二年級秋天，話劇社成立了。但也只是成立，尚未得到學校正式的認可，所以只是個「偽」社團，只能在開始專心準備考高中前活動，終極目標是找個空教室舉行發表會。儘管如此，美野里與社團成員聚在一起的時候，總是覺得身體彷彿被暖呼呼的感覺包圍。

足以忘卻那一夜的寒冷。

她們曾經用零用錢去看過一次音樂劇。當時美野里坐在前往劇場的電車上，珍重地握緊了從便利商店印出來的長方形門票，驀然想起，如果是現在，她或許能順利地綁在樹枝上。那張籤詩太短了，如果是現在手中這張門票，一定能在神社的樹枝上打個漂亮的結。

大家一起去看的音樂劇非常非常精采。回家路上，大家模仿著又唱又跳。

國二升國三的春天，母親病倒了。

5

震央的震度為七級，深度十一公里，芮氏規模六點七。

看到氣象廳公布的數字時，因為無法用言語形容的巨大恐慌終於找到具體的數值，反而有點放下心來了。只是一想到震央周圍的地區此時此刻正遭受規模超乎想像的破壞，美野里都覺得曾經狠狠折磨過她的害喜又快要捲土重來。每次快要被消極的心情吞沒時，美野里就把手輕輕地放在束腹帶上。

「包括觀眾、演出人員、工作人員在內，都沒有人受傷。」

天搖地動後過了一段時間，聽到川口經理透過無線電分享的報告，所有工作人員都打從心底鬆了一口氣。這次不像古典音樂劇那樣需要用到許多舞台裝置真是不幸中的大幸，坐在觀眾席的客人當然不用說，站在舞台上的所有人、負責大道具的人也都沒事。沒有人受傷的事實讓鏡泉廳緋緊的緊張氣氛稍微鬆弛了些。

不過，東京的大眾運輸系統因為偵測到震度超過五級，全部停擺，劇場也一度陷入停電的狀態，幸好有備用電源能立刻供應，放眼望去暫時沒有什麼太大的變化，這點也足以安撫人心，但因為手機不通，又沒有交通工具可搭，無法走路回家的人只好繼續留在劇場裡。

「有很多遠道而來的觀眾，所以可能要照顧他們到早上。說不定也有從震央附近來的客人，說不定接下來還有更大的餘震。我們雖然也很害怕，但是現在請工作人員先通力合作，克服這個難關，讓所有觀眾都能覺得幸好今天來的是鏡泉廳，好嗎。」

川口整合六神無主的工作人員，做出明確的指示，講話的速度比平常更慢，臉上始終掛著笑容。明明川口應該也是第一次遇到這種事，她的態度卻能讓很多年輕的工作人員因此冷靜下來，美野里佩服得五體投地。直到剛才，大家都還跟觀眾一樣驚慌失措，如今包括打工的人在內，每個工作人員的表情皆已從「遇上震度五級的地震」

變成「要照顧遇上震度五級地震的人」。

「不要緊，我們一定能應付過來。」

川口與營業部的員工們必須與總公司對接的業務堆積如山，例如要確認演出人員及舞台相關工作人員的安全、處理門票的退費及調整今後的行程等等。因此就算提供協助，安撫觀眾的重責大任還是落在包括美野里在內的劇場員工頭上。對於突發狀況的不安以及對置身於突發狀況中的些許興奮，這兩種相反的情緒在心裡拔河，導致許多年輕的工作人員都有點心浮氣躁，在這種情況下，世志乃的表情比平常更嚴肅，令人放心不少。

「無論發生什麼事，我們的工作就是要盡力讓客人從進入鏡泉廳到離開鏡泉廳的整個過程都能感到愉快舒適。無論發生什麼事，這點都不會改變。」

美野里輪流審視著每位劇場員工的臉，提醒自己要像川口那樣得體地說話。說話得體不僅能讓自己冷靜下來，感覺也能跳轉到讓別人冷靜下來的立場。

把手放在肚子上。不要緊。不要緊。

幸運的是鏡泉廳既沒有停水，也沒有斷電，所以不需要特別的因應措施。更重要的是別讓觀眾陷入無以名狀的焦慮，工作人員都達成要澈底照顧好觀眾情緒的共識。美野里交代他們要盡可能貼心，提供物質上可以給予協助的部分，像是給腰痛的客人靠墊、給喊冷的客人毛毯等。另一方面，她也承諾會立刻開始安排讓工作人員盡量輪流休息的班表。

「重點在於絕對不能在客人面前失去笑容，也就是要跟平常一樣的意思。請務必讓客人直到最後一刻都感到愉快舒適。我想在座也有人的親朋好友就住在震央附近，肯定也有人擔心得不得了，這種事請私下來跟我或弓木小姐說。對於留在劇場的客人而言，我們是唯一的依靠，所以在劇場內請全心全力地照顧好客人，大家私底下再互相照應。」

美野里察覺，不能出現在客人面前的不安與興奮終於從每一張臉上消失，但她發現離自己最遠的藤堂被其他工作人員擋住，看不見他的表情。

藤堂……美野里下意識正要叫他的時候。

「各位，」世志乃舉手發言，「我想大家都很不容易，但是也要考慮到樓長的身體狀況，請大家互相幫忙。鍋倉小姐，妳也千萬不要太過勉強。」

世志乃以絲毫不比舞台劇演員遜色的真誠眼神看過來，美野里由衷感謝她。多虧她這句話，美野里這才明白自己也能遊走於照顧人與被照顧之間。

看在客人眼中是值得信賴的對象，看在工作人員眼中是緊急時刻的領導，但是只要走出劇場一步，就成了有家歸不得的難民，同時還是個孕婦。有個無須贅言就能默許自己視場合與情況遊走於照顧人與被照顧之間的夥伴，比什麼都能讓美野里的精神穩定下來。

客人中有不少驚惶失措的人。

想打電話給住在震央的親戚而找工作人員哭訴的人、對流傳在社群網站上的訊息反應過度的人、大聲嚷嚷「主震再十分鐘就要來了！聽說會比剛才還要大！」的人、聽到這件事而引發過度換氣症候群的人——大家理智上都知道劇場的工作人員並不等於擅長應付緊急狀況的人，當中也沒有醫療方面的專家，依舊無法控制狂亂的心。美野里只能拍拍他們的背、牽著他們的手、明確地傳達目前已知的訊息，她對這樣的自己感到非常焦躁。

到了太陽開始下山的傍晚六點左右，大眾運輸系統還是看不出何時才能復駛。不過手機開始通了，因此陸續有人離開劇場，前往走路走得到的地方。送他們到大廳的出口時，明顯可以看出街道與平常完全不一樣。劇場前的大馬路上滿是準備徒步回家的人潮，路燈卻不亮，喧囂與陰暗共存，形成陰森森的空間。為了藏好因為看到陌生風景而產生的慌亂，美野里低下頭去，客人見狀，頭垂得比她更低：「真的真的非常感謝你們。」

「鍋倉小姐，妳該休息了。」

沒多久，世志乃幾乎是用趕地趕她去休息：「這裡交給我們就好了。」美野里移動到客人看不到的地方時，這才意識到大腦終於願意承認身體其實已經非常疲憊了。

接下來會變成什麼樣呢。

美野里待在視覺上沒有任何變化的小房間裡，想到這件事。

關上休息室的門。為客人想辦法蒐集到的千百條資訊在腦海中跑著走馬燈，其中也有很多不確定是真是假，只會讓人更加不安的訊息，美野里猜想那會讓她感覺非常不舒服，所以忙到一個段落就把過濾情報的任務交給世志乃。

啪啦啪啦、咕嚕咕嚕、嗶嗶啵啵。

美野里把手貼在肚子上，在心中默默唱和。不要緊。不要緊。不要緊。感覺像這樣念念有詞，孩子就能體會她的心情，真不可思議。

美野里坐在休息室的椅子上看時鐘。

再過四分鐘就是晚上八點。

好想喝點熱的。今天還沒喝到一滴水。明明醫生要她最好多喝點水。

想到這點，印度紅茶的香氣若有似無地繚繞在鼻尖。

對了。美野里的十指在休息室的桌上交扣。

昨天剛好也是這個時間。

休息室瞬間變成雪白的診間。

接下來會變成什麼樣呢。

感覺自己內側的世界與外側的世界在昨天那一刻產生了天翻地覆的變化。

無論變成什麼樣，都只能往前走。

「在休息嗎？」

望向聲音的來處，川口背靠著休息室的門站立。光看姿勢會以為她很放鬆，但表情根本藏不住疲憊。

「好像是比想像中還大的地震，總公司已經亂成一團了，」川口以舉白旗的表情嘆了一口氣，「有些地區的百貨公司和劇場甚至得暫時停止營業一段時間。」

「這麼嚴重啊。」

真是傷腦筋。川口露出微乎其微的微笑。美野里拉開身旁的椅子要給她坐，但她只是搖搖頭。大概是擔心一旦坐下，繃緊的神經就會鬆懈。

「這是什麼下下籤啊，鍋倉小姐，妳的運氣也太差了。」

「咦？」

出乎意料的字眼令美野里忍不住驚呼出聲。

「因為妳今天原本休假不是嗎？妳是來代長居小姐的班。」

川口瞥了時鐘一眼。

「在妳最需要保重身體的時候，真對不起。」

「別這麼說。」下下籤。這三個字縈繞在耳邊。「經理不需要道歉。」

「偏偏在這個節骨眼……這麼不走運的機率未免也太低了吧。」

不走運。機率。

二分之一。

昨晚當手機螢幕閃爍著「長居靜香」的名字時，美野里腦海中浮現這樣的數字。是打電話來請假，還是有別的事。

機率各為百分之五十的籤。

到底哪邊才是真的下下籤呢。

「經理。」

世志乃與另一位工作人員出現在休息室門口。「啊，鍋倉小姐。」言下之意是「我剛好在找妳」的意思。

「今天是平日，所以大部分的觀眾好像都住在東京近郊，如果大眾運輸系統還是不能動，可能會有將近六百位觀眾留在劇場過夜。」

「六百位。」

單靠現有的工作人員可以撐到天亮嗎——光是想像，美野里就險些從椅子上滑落。當然沒有可以讓所有人躺下來休息的地方，只能讓客人坐在椅子上過夜，問題是毯子也不夠，更重要的是——

「需要一點食物。」

川口說。美野里點頭附和。

「如同新聞上說的，東京的便利商店及超市的物資不足以應付大量的搶購，就算把賣場的庫存都拿出來，也不夠六百人分。」

「至少想給每個人一瓶礦泉水。」

另一位工作人員發言的同時，肚子咕嚕地叫了一聲，儼然漫畫才有的情節。就連工作人員的體力也快要透支了。

「剛才問過總務，災害時用的儲備糧食都保管在位於品川的總公司倉庫裡。可是電車不開、馬路也塞車，根本去不了……」

就算有儲備糧食，也是給關在總公司的員工使用。像這種時候，就會深刻地體會到自己並不是鏡泉集團的正式員工，只是鏡泉廳的約聘員工。

「請問……」

一陣沉默後，剛才肚子叫的工作人員提心弔膽地舉手。

「這一帶的百貨公司和餐廳都是由鏡泉的關係企業經營吧？」

關係企業。從她的發音聽得出來她並不了解這個詞真正的意思。

「如果那裡有災害用的儲備糧食，是不是可以請他們分一點給我們。尤其是餐廳，要是能幫忙的話就太好了。」

當著沒什麼自信，聲音愈來愈微弱的工作人員，美野里感覺原本跌落谷底的心情正一鼓作氣地往上攀升。這一帶是鏡泉集團為了讓消費者在其所經營的設施玩上一整天而開發的地區，百貨公司和餐廳都在走路馬上就可以到的範圍內。

「我覺得這個方法可行。」

川口喃喃自語的同時，感覺休息室的空氣就像在訊號充足的場所讀取的圖片，一下子變得清晰起來。

「我打電話問問看。印象中，百貨公司應該有乾糧。」

「麻煩妳了，多謝。」

雀躍的氣氛中，世志乃又提出另一個問題：「就算他們答應了，六百人分的物資要怎麼運過來。」

「說的也是，只能用上劇場裡所有的推車，一趟一趟地搬了。」

「既然如此，這件事最好交給男人。」世志乃說。

「像是營業部的菅田先生。」美野里望向川口。

「真不巧，」川口苦著一張臉說，「我把晚場的退票作業和今後的損益計算都交給菅田處理了，所以他暫時走不開。」

「藤堂呢？」

有人提到這個名字，或許是自己也說不定。

這時美野里才留意到已經很久沒看到藤堂了。

「說的也是，只剩他一個男人了。」

世志乃表示同意，但語氣也有些不由自主的猶疑，心裡肯定懷抱著跟美野里一樣的擔憂。

美野里試圖從記憶中拼湊出最後一次看到藤堂的樣子。記得是地震剛發生後，聚集劇場員工交代事情的時候，但隨即糾正自己。因為當時藤堂被另一個人擋住，看不清楚他的表情。

美野里想起地震發生前一刻，藤堂頻頻看錶的身影。

想起他眉開眼笑地確認距離下班還剩多少時間的側臉。

「請問……」

美野里這次出於自己的意志發聲。

「可以派兩個人去百貨公司嗎？餐廳那邊由我去。」

「妳在說什麼呀，鍋倉小姐請留下來休息。」

「不用，讓我去。不會有事的。」美野里打斷正要派其他工作人員過去的世志乃。

「去了以後，我就會沒事。」

美野里站起來，走向放推車的倉庫。

6

急性心肌梗塞。

母親從倒下到去世的過程快到幾乎沒留下明確的記憶。救護車、住院、心臟停止跳動、守靈、出殯……有各種名稱的時間緊鑼密鼓地從天而降，一顆心始終泡在淚水裡。模模糊糊地想像過未來的人生將會經歷那些感情，卻彷彿一輩子的分量都凝聚在那短短的幾天裡，彷彿四季同時降臨。原本好好安放在家中某處的心靈、身體、頭腦，無論經過多久都找不到原本安放的位置。這一切都發生在國二升國三的春假，明明發生了這麼多事，穿的衣服、街道的景色、便利商店的促銷活動卻還是跟以前一樣，感覺很怪異。

突如其來的疾病奪走母親的生命，這個機率遠比一堆籤裡混了一支凶籤要低得多吧。美野里在那段既不覺得餓，也不知道睏的日子裡，有時候會想到這件事。這次抽到的又是什麼籤呢。難道分到這具籤詩會被搶走的身體還不夠嗎。

在找不到答案的情況下，在只有輾轉難眠的時間一直往前走的情況下，冰箱有什麼就拿來吃。漸漸地，終於能稍微打個盹了。爸爸和哥哥也都一副失了魂的樣子，母親還在世的時候，在固定時間吃三餐的習慣不知不覺整個亂了套。

生活的開關被關掉了。美野里在即使少了一個人還是覺得很擠的家裡想著，痛切地領悟到房子明明不大，以前卻從不覺得特別局促，是因為母親把亂七八糟的雜物都收到該放的地方，如今家裡滿地都是從底部彷彿裝了彈簧的垃圾桶裡滿出來的垃圾、流理台的水槽塞滿待洗的碗盤、髒衣服多到連洗衣機都裝不下了，彷彿除了心靈、身體、頭腦以外，一切的東西也都失去安身立命的居所，在家裡自由來去。

原來什麼事也不做，光是活著就會有數也數不清的事物在空間裡穿梭。一旦指揮官不在，所有的和音便開始荒腔走板。

有一次，父親從超市買了三個便當回來。在那天之前，父親肯定也買過好幾次便當，總之她久違地與爸爸哥哥坐在餐桌前吃飯，美野里這才意識到這是他們第一次在失去母親的情況下吃飯。

三個相同的便當裡裝滿各式各樣的配菜。美野里咬下一口可樂餅，已經冷了，溼溼黏黏的，一點也不好吃。

熱一下吧。

內心出現這個想法，令美野里大吃一驚。感覺這是母親去世後，她第一次產生想把食物弄好吃的念頭。母親因為工作忙不過來，沒有時間做菜的時候，會先在家裡準備好白飯和味噌湯，再從超市買可樂餅等小菜回來。美野里很喜歡母親每次說「我再熱一下，稍等哦」的等待時間。因為有那段時間，可樂餅一定會變得美味可口，熱呼呼的，麵衣酥酥脆脆，簡直跟剛起鍋沒兩樣，回到剛炸好的狀態。

捧著便當站起來，為了獲得更好的味道而採取行動的身體，感覺大小腿肌肉充滿生命力地伸縮。這個動作很像為了排泄去廁所、為了睡覺鑽進被窩的感覺，卻又完全不一樣。

「也幫我熱一下。」

健悟遞出自己的便當。美野里無言接過，獨自站在廚房裡。

她記得母親熱菜時，用的應該是放在冰箱對面的機器。美野里打開微波爐，並排放進兩個便當，大概一分鐘左右，但她不確定火力是強還是弱，總之設定好時間，按下開關。

一分鐘的時間內，誰也沒開口。

把冒著熱氣的便當放回桌上，拿起筷子。這時，美野里的肚子確實咕嚕叫了一聲。便當盒熱騰騰的觸感、菜餚比方才更濃郁的味道，令她垂涎欲滴。美野里感覺體內的機能正一點一滴地開始復活。

咬下一口可樂餅。

確實弄熱了。

但還是溼溼黏黏，一點也不好吃。

原本充滿期待的唾液與爛泥般的物體混在一起。憑著慣性咀嚼，美野里聽見全身正要復活的機能又被關閉的聲音。明明用了母親用的機器，還是不行。喀嚓。明明設定的秒數與母親設定的一樣，還是不行。喀嚓。明明照母親做的做了，卻無法變得一樣好吃。喀嚓。

生活真的再也回不到母親還在世的時候了。

喀嚓。

坐在美野里對面的父親敲了一下原子筆。

「以前由媽媽做的事，從今天起由我們三個人分攤吧。」

父親在不曉得什麼時候準備好的紙上寫字。

橫軸從星期一寫到星期日，縱軸是煮飯、洗衣、打掃浴室、打掃廁所、打掃房間等日常生活中林林總總的雜務，再各自用線區隔，就成了一大張表格。

「吃飽飯後，一起討論吧。」

意識到將由三個人填滿這張表格時，美野里對自己確實被當成家裡的一分子感到有些緊張，感覺自己在這個家裡不再只是兩個小孩的其中之一。爸爸媽媽、我和健悟。她一直以為這是理所當然的組合，其實不然。爺爺奶奶和外公外婆都住在遠方，無法指望他們幫忙，也增加了必須由他們三人填滿這張表格的壓力。

最後放下筷子的是美野里，爸爸和健悟都比美野里更早吃完便當。美野里的便當裡還剩下一半的飯菜。

「首先是煮飯，由美野里負責吧。」

健悟說得再自然不過，美野里也再自然不過地「咦？」了一聲。

「為什麼？」

「哪有為什麼，我又不會做菜，還要參加社團。」

老爸下班也晚了。健悟接著說，連眉頭也不皺一下。

「我也不會做菜啊。」光是加熱的步驟明明跟母親一樣，熱出來的可樂餅卻這麼難吃，健悟剛才也親身領教過了。「而且我也有社團活動，才沒有時間做飯。」

「妳說類似戲劇同好會那個嗎？那根本是在玩吧。」

自己的分身正以不知何時，骨骼和聲音皆已完全和自己不同的模樣盯著她。

「社團活動關乎到我的高中甄試，練習不能請假，當然更不可能退社。」

我還不是一樣。

滾到嘴邊的話被健悟的視線逼退，胎死腹中。

話劇社確實還不算正式的社團，再怎麼努力也不見得能因此拿到高中的推薦，可是大家已經討論好，就算只有一次，也要在夏天以前舉行發表會，然後才專心準備高中考試。也計畫上了高中要打工存錢，一起去看喜歡的音樂劇。

「只有我要做出改變嗎？」

失去母親的世界。

「為什麼只有我要接受這一切，打亂所有計畫好的事不可？」

明明他們都一樣，世界已經跟以前完全不同了。

「我還不是一樣，明明都要推薦甄試了，為什麼非得放棄足球不可。突然要我展開做飯的人生，我才不要。」

健悟以挑釁的表情彷彿念課文地說，好像自己說的一切是天經地義的常識。

「老爸也不可能辭掉工作。」

爸爸什麼也沒說。

「這也沒辦法。」

——這也沒辦法。

小時候無法加入足球隊的原因也是因為沒辦法。

美野里低頭看著逐漸冷卻的可樂餅，一如看著母親躺在棺材裡的屍體，聽見時針移動的聲音。

世上有兩種人，生存的世界發生改變的時候，不改變自己的人和因為這種人而不得不改變自己的人。這兩種人肯定是在不知道是什麼時候的時候、在不知道是什麼地方的地方就分配好了。

二分之一。機率為百分之五十。出生前即已抽到的籤。

從此以後，就連煮飯以外的家事也自然而然地落到美野里頭上。每多一項非做不可的事，美野里都會看著貼在冰箱上，已經形同虛設的分工表。看著看著，那個健悟硬塞凶籤給她的寒冷夜晚就會鮮明地活過來，幾乎摧毀她所有的感官。打掃浴室那格明明寫著健悟的名字，結果都是自己在做。

下課必須立刻趕回家準備晚飯的時候，時鐘不經意映入眼簾，不禁幻想自己還待在學校裡，幻想自己正與一起成立偽話劇社的大家在空教室討論這個那個的模樣。

大家都在努力吧。

升上國三，與一起成立偽話劇社的朋友編入不同的班級。正所謂天底下沒有永遠的祕密，新學期一開學，同學都知道美野里的母親去世了，所以沒有人會對一放學就得趕回家的美野里說什麼。

把原本用保鮮膜包起來的豬肉放進平底鍋。解凍時間好像還不夠，為了分開難分難捨的肉和保鮮膜，美野里抓住保鮮膜一角，稍微甩了甩。

不曉得預定在夏天舉行的發表會準備得如何了。真要舉行的話，美野里也想知道。雖然她可能無法去看。雖然到了最後一刻，她可能會懊惱得不想去看。

這時，耳邊傳來「啪嘰」一聲，豬肉的油和解凍產生的水分在平底鍋上彈跳。

「好痛！」

美野里下意識地丟下筷子，閉上雙眼，摸索著關掉瓦斯爐，右眼又熱又痛，好害怕。慌不擇路地衝向洗臉台，用冷水洗臉，檢查鏡中的自己。

右眼底下有個斑點似的痕跡，擦了又擦，還是擦不掉。

濺起來的油沾黏在臉上了。想到這裡，掛在牆上的時鐘倒映在鏡子裡，映入眼簾。

下午三點四十七分。

放學了。

——美野里，妳很適合演戲哦！

大家都下課了。

——我遠遠地就能立刻認出美野里。美野里長相俊俏，一定很適合舞台！

使勁擦拭右眼下方的指尖也正使勁擦掉以前朋友這麼說的記憶。

健悟直到最後一刻才退出足球社，最終順利得到推薦，進入高中。美野里一手包辦所有家事，根本沒有時間讀書，沒考上想去念的學校。在學校和任何人說話的時候，總覺得對方正盯著她右眼下方的傷痕，頭愈垂愈低。

美野里現在也覺得。

就算抽到一百次大吉的籤，就算母親現在還活著，就算全家人的名字都寫在門牌上，自己的臉還是會燙傷。

美野里終究沒有去看話劇社第一次也是最後一次的發表會。

7

「我沒有生氣。」

美野里面向始終不願與自己對上眼的藤堂，就像安撫未出世的孩子般說。

「要是你沒說一聲就跑出去，大家會很擔心。尤其是這麼危險的時候，大家會以為你是不是出了什麼事。」

藤堂只是低著頭，一聲不吭。美野里信任裝滿五箱礦泉水的重量，把身體靠在推車的把手部分。每箱各有十二瓶五百毫升的礦泉水，假設分給每個人一瓶，光是這些就有六十人分。

地點在餐廳外面、入口旁邊。路燈還是不亮，馬路上一片昏暗。努力回家的難民宛如遊行似地排隊往前走。熟悉的街道已經完全變了樣，就像母親突然撒手人寰時的家裡那樣。

先由川口向鏡泉集團經營的餐廳與百貨公司取得聯繫，得知兩邊的儲備糧食都很充足，可以分給在劇場留宿的觀眾。

美野里自告奮勇去餐廳，推著還很輕的推車走向餐廳時，腦中響起已經許久沒聽見的智昭聲音。

「根據我的經驗，自以為『我的能耐才不止如此，是待在這種鬼地方才無法發揮』的人後來都會變得很難搞。」

美野里因為心裡有所預感，才自告奮勇要去餐廳。在等待川口事先聯繫好的窗口時，擅自在店裡繞了一圈，果不其然，藤堂就坐在其中一桌。

我就知道。美野里在心裡擺出勝利手勢，喊了聲「藤堂」，藤堂回過頭來的表情就像看到鬼一樣。同一瞬間，美野里記憶中藤堂最新的表情也從對下班充滿期待，一口氣刷新成現在的表情。

——女朋友的爸媽今天要來，已經約好在附近的餐廳見面了。他好像說過什麼請對方先就座，等打工一結束再衝過去會合這種莫名其妙的計畫。

「如果是擔心你女朋友，直說就好了。對方的爸媽也要來吧。我可以理解你聯絡不上，想直接過來看看的心情。」

他長得好好看啊。

美野里憑藉從餐廳門口流洩進來的備用電源光線，觀察藤堂低著頭的外表。略微突出的額頭、纖長的睫毛、高挺的鼻梁、輪廓分明的喉結。在光線昏暗的夜色下，每個陰影都顯得格外清晰，感覺比平常更俊美。結實的身體不知何時已脫下制服，換上質地極佳的襯衫與西裝外套。

仔細想想，健悟和智昭的外表也很稱頭。

「如果你無論如何都想見到女朋友和她的家人，可以直接說啊。畢竟這裡離劇場只有幾步路的距離，花五分鐘就可以來回一趟了。」

自己的心眼真壞。

語氣愈溫柔，美野里愈感受到自己內心深處咕嘟咕嘟冒著泡泡沸騰的聲音。

自己真是個壞心眼的人。

只不過，別說是安身立命的地方了，就算是遭到任意棄置，為了能不屈不撓地盛開，也只能用這種方法給予根部營養。

「看到女朋友的臉，是不是可以放心了？可以幫我把這輛推車推回劇場嗎？如果想讓所有客人都有簡單的東西吃，得來來回回搬好幾趟，還挺吃力的。」

「我今天四點半就下班了。」

來了。

甜美的震顫從美野里的腳底貫穿到頭頂。

「也就是說，要是地震再晚一點發生，我早就下班了。」

遠處傳來警察指揮交通的聲音，陰暗的街道中，發光的警棍特別顯眼。

「而且我已經來了，我就是這裡的客人。我現在身為客人，正在等電車復駛。正坐在椅子上，接受店員無微不至的關照。」

藤堂刻意加重「身為客人」的發音，輕易地擊退了指揮交通的聲音。

「這不是很奇怪嗎，只差了短短幾十分鐘，就涇渭分明地分成照顧人的一方與被照顧的一方。又不是階級社會。」

又不是階級社會。

藤堂說的有理。

「瞧妳口口聲聲是客人，憑什麼我們非得做到無微不至的程度不可。從舞台劇中斷的那一刻起，客人就已經不是客人了，憑什麼我們非得一直照顧他們不可。」

藤堂抬起頭來。

「我們也回不了家、也很餓、也很辛苦不是嗎。只是今天剛好來上班，就必須做牛做馬到早上侍候那些客人，這不是很奇怪嗎。憑什麼同樣是員工，像長居小姐那些今天沒有排班的人就不用遭受這些折磨，這叫我怎麼接受。」

美野里與藤堂說話時，總覺得藤堂一直在看她的右眼下方。

「一想到這裡，我就沒辦法接受。」

總覺得他就像燙傷那天，結束社團活動回到家的健悟，就像國中與高中的同學那樣，執拗地注視著她的右眼下方。

其實也不只藤堂這樣。美野里悄悄地將指尖貼在右眼下方。

為了隱藏死活不肯消失的燙傷痕跡，美野里也澈底研究了化妝品及化妝術。這點在後來考上大學，加入劇團活動時非常有幫助。

「就像樓長，妳不是懷孕了嗎。而且今天還是代替長居小姐來上班。難得的連假都白費了。」

美野里盯著藤堂的臉，靜靜地確認藤堂的視線由始至終都沒有落在自己右眼下方。

「像這種時候，不是一定要選擇站在被照顧的那邊嗎，不是應該比任何人都更受到關心嗎。」

藤堂兩側出現了兩個男人的影子。

「妳為什麼能接受現在這種情況呢？」

智昭。

健悟。

藤堂。

活到這麼大，還沒有抽過下下籤的人。

不曾被丟進與自己無關的黑暗裡。

不會陷入無論抽到什麼籤，無論人生遭逢什麼巨變，都只能硬著頭皮撐下去的狀態。

「你問我為什麼。」

美野里邊說邊想起昨天好像也在這個時間說了同樣的話。

「因為不管是接受還是不接受，我從小到大都沒得選擇啊。」

明明請了假的班表。被搶走的籤。進不了的足球隊。出血量比別人多的生理期。沒有母親的生活。只是徒具形式貼在冰箱上的家事分配表。

這輩子無論抽到什麼籤，無論被扔到什麼鬼地方，都只能想盡辦法重新把根扎進土裡。

藤堂什麼也沒說，什麼也說不出口。不，或許他根本聽不懂美野里在說什麼。

內心深處持續沸騰，從腳底貫穿到頭頂的甜美震顫始終沒有要停止的跡象。

自己肯定只是為了看到藤堂這種表情，才推著推車來這裡。

警察指揮交通的聲音聽起來宛如舞台上演奏的音樂。

每次看到有人對著有生以來第一次抽到的下下籤茫然無措，都能讓她再一次深深地領悟到，無論如何都得活下去這個唯一不變的事實。

美野里想起她發現不是用微波爐，而是要用放在微波爐底下的烤箱重新加熱，可樂餅才會變得酥脆好吃那天的事。

料理的花樣很快就多了變化。事到如今，她很感謝自己會煮食。單身、三餐都吃外面的健悟一年比一年胖，因為練習足球，持續曝晒在大太陽下，完全不做任何保養的皮膚長滿斑點。美野里為了掩飾右眼下方的傷痕，嘗試過各式各樣的化妝品，學會了化妝，沒兩下就能化出足以讓歷史悠久的劇場工作人員視為範本的妝，即使哭腫眼睛的隔天，也能完美地藏起紅腫的部分。

音樂愈來愈大聲。

就算只能考上不怎麼樣的高中，也努力在那所高中拿下第一名，進而爭取到該校唯一一個大學推薦名額。健悟的足球實力在高手雲集的學校根本算不了什麼，不愛讀書的健悟把閒暇時間都花在反覆的深夜遊蕩與閉門思過之間。

美野里眼前陳列著這輩子抽到的籤。

今天也是。倘若長居靜香昨天沒打電話來說要請假，或許她只會行屍走肉地在家裡混一整天。鑽牛角尖、自暴自棄、陶醉在放棄「其實不應該放棄」這件事本身的快感裡也說不定。

就像只會逃避一切的智昭。

美野里看著每一張飄在空中的籤回想。

——就算抽到不好的籤，只要綁在那棵樹上就沒事了。

媽。

如果只有一支籤，我可能綁不好，但我開始覺得我可以把全部的籤接起來了。就像第一次看音樂劇的時候，儘管尚未產生自己可以重新改寫籤詩的希望，儘管如此。

——這裡要像這樣打結，綁成蝴蝶結的形狀。這是送給神明的禮物哦。

媽。

不知不覺間，只要把所有的籤接起來，不只蝴蝶結，連中國結都可以打出來。

夜色漸濃的黑暗中，藤堂的劉海迎風搖曳。

明明請了假的班表。被搶走的籤。進不了的足球隊。出血量比別人多的生理期。沒有母親的生活。只是徒具形式貼在冰箱上的家事分配表。

兩百四十九分之一的染色體。

全部接起來，打成蝴蝶結。這麼一來，痛苦的時候還能當成繃帶來用。不知何時，她已經用這雙手緊緊地抓住可以把人生包裝成美好禮物的東西，和可以補強一切的東西。

所以，一定會沒事。就像過去的每一次那樣，即使惶惶不安得快要死掉，也只能硬著頭皮撐下去，撐到柳暗花明為止。

「啊。」

街上行人異口同聲地說。所有素昧平生的人全都同時抬起頭來。

路燈亮了。

美野里心想。

就是現在。

「那我回去了。」

美野里轉身，推著沉重的推車，走向劇場。

在路燈有如被施了魔法般逐漸亮起的景色中，美野里一步一步地往前走。

明亮的轉場。

我所站立的舞台。

我的人生。

文字森林系列 023

無論如何都要活著

どうしても生きてる

作　　者　朝井遼（朝井リョウ）
譯　　者　緋華璃
總 編 輯　何玉美
責任編輯　陳如翎
封面設計　鄭婷之
內頁設計　楊雅屏

出版發行　采實文化事業股份有限公司
行銷企劃　陳佩宜・黃于庭・蔡雨庭・陳豫萱・黃安汝
業務發行　張世明・林踏欣・林坤蓉・王貞玉・張惠屏
國際版權　王俐雯・林冠妤
印務採購　曾玉霞
會計行政　王雅蕙・李韶婉
法律顧問　第一國際法律事務所　余淑杏律師
電子信箱　acme@acmebook.com.tw
采實官網　www.acmebook.com.tw
采實臉書　www.facebook.com/acmebook01

ISBN　978-986-507-471-5
定　　價　360 元
初版一刷　2021 年 9 月
劃撥帳號　50148859
劃撥戶名　采實文化事業股份有限公司
104 台北市中山區南京東路二段 95 號 9 樓
電話：(02)2511-9798　傳真：(02)2571-3298

國家圖書館出版品預行編目資料

無論如何都要活著 / 朝井遼著 ; 緋華璃譯 . -- 初版 . – 台北市 : 采實文化事業股份有限公司 , 2021.09
面 ;　公分 . -- (文字森林 ; 23)
譯自 : どうしても生きてる
ISBN 978-986-507-471-5(平裝)

861.57　　110010104

文字森林
READING FOREST

文字森林
READING FOREST

文字森林
READING FOREST

文字森林
READING FOREST